# WAR
## AND
# PEACE
## EXCERPTS

## A RUSSIAN
## DUAL LANGUAGE BOOK

LEV NIKOLAYEVICH TOLSTOY

SERGEI SHATSKIY *(translator)*

SEAN HARRISON *(producer)*

Maestro Publishing Group

ISBN-10: 1-61949-558-9
ISBN-13: 978-1-61949-558-6

# ЧАСТЬ ТРЕТЬЯ

## XIX

На Праценской горе, на том самом месте, где он упал с древком знамени в руках, лежал князь Андрей Болконский, истекая кровью, и, сам не зная того, стонал тихим, жалостным и детским стоном.

К вечеру он перестал стонать и совершенно затих. Он не знал, как долго продолжалось его забытье. Вдруг он опять чувствовал себя живым и страдающим от жгучей и разрывающей что-то боли в голове.

"Где оно, это высокое небо, которое я не знал до сих пор и увидал нынче?" было первою его мыслью. "И страдания этого я не знал также, — подумал он. — Да, я ничего, ничего не знал до сих пор. Но где я?"

Он стал прислушиваться и услыхал звуки приближающегося топота лошадей и звуки голосов, говоривших по-французски. Он раскрыл глаза. Над ним было опять всё то же высокое небо с еще выше поднявшимися плывущими облаками, сквозь которые виднелась синеющая бесконечность. Он не поворачивал головы и не видал тех, которые, судя по звуку копыт и голосов, подъехали к нему и остановились.

# PART THREE

## XIX

On Prazen mountain, on the same very site where he fell down with the staff of the banner in his hands, lay Prince Andrey Bolkonsky, bleeding, and, not knowing it himself, was moaning with a quiet, pitiful and childish groan.

By evening, he stopped moaning and became completely silent. He did not know how long continued his unconsciousness. Suddenly he once again was feeling alive and suffering from burning and tearing-something pain in the head.

"Where is it, this high sky, which I did not know until now and saw today?" was his first thought. "And this suffering I did not know either," – thought he. – "Yes, I knew nothing, nothing until now. But where am I?"

He started listening and heard the sounds of approaching galloping of horses and the sounds of voices speaking French. He opened the eyes. Above him was once again that same very high sky with even higher risen floating clouds, through which was seen bluish infinity. He did not turn the head and did not see those who, judging by the sound of hooves and voices, rode up to him and stopped.

Подъехавшие верховые были Наполеон, сопутствуемый двумя адъютантами. Бонапарте, объезжая поле сражения, отдавал последние приказания об усилении батарей стреляющих по плотине Аугеста и рассматривал убитых и раненых, оставшихся на поле сражения.

— De beaux hommes! [Красавцы!] — сказал Наполеон, глядя на убитого русского гренадера, который с уткнутым в землю лицом и почернелым затылком лежал на животе, откинув далеко одну уже закоченевшую руку.

— Les munitions des pices de position sont puis es, sire! [Батарейных зарядов больше нет, ваше величество!] — сказал в это время адъютант, приехавший с батарей, стрелявших по Аугесту.

— Faites avancer celles de la reserve, [Велите привезти из резервов,] — сказал Наполеон, и, отъехав несколько шагов, он остановился над князем Андреем, лежавшим навзничь с брошенным подле него древком знамени (знамя уже, как трофей, было взято французами).

— Voila; une belle mort, [Вот прекрасная смерть,] — сказал Наполеон, глядя на Болконского.

Князь Андрей понял, что это было сказано о нем, и что говорит это Наполеон. Он слышал, как называли sire того, кто сказал эти слова. Но он слышал эти слова, как бы он слышал жужжание мухи. Он не только не интересовался ими, но он и не заметил, а тотчас же забыл их. Ему жгло голову; он чувствовал, что он исходит кровью, и он видел над собою далекое, высокое и вечное небо. Он знал, что это был Наполеон — его герой, но в эту минуту Наполеон казался ему столь маленьким, ничтожным человеком в сравнении с тем, что происходило теперь между его душой и этим высоким, бесконечным небом с бегущими по нем облаками. Ему было совершенно всё равно в эту минуту, кто бы ни стоял над ним, что бы ни говорил об нем; он рад был только тому, что остановились над ним люди, и желал только, чтоб эти люди помогли

Approaching riders were Napoleon, accompanied by two aide-de-camps. Bonaparte, riding around the field of the battle, was giving last orders about strengthening the batteries shooting at Augest dam and was scrutinizing the killed and the wounded, left on the field of the battle.

— De beaux hommes! [Handsome men!] — Napoleon said, looking at a killed Russian grenadier who, with the face stuck into the ground and a blackened nape, was lying on the stomach, throwing far aside one already stiffened arm.

— [There are no more battery charges, your Majesty!] — said at this time aide-de-camp arriving from the batteries shooting at Augest.

— [Order to bring from the reserves,] — Napoleon said and, riding aside a few steps, he stopped over Prince Andrey, lying supine with thrown beside him staff of the banner (the banner as a trophy had already been taken by the French).

— [Here is a wonderful death,] — Napoleon said, looking at Bolkonskiy.

Prince Andrey understood that it was said about him, and that Napoleon was saying it. He heard how they called sire that person who said these words. But he heard these words, as if he heard the buzzing of a fly. He did not only take zero interest in them, but he did not notice, and at once forgot them. It burnt the head to him; he felt that he was bleeding, and he saw above him a distant high and eternal sky. He knew that it was Napoleon – his hero, but at this minute Napoleon seemed to him such a small, insignificant man in comparison with that, which was happening now between his soul and this high eternal sky with clouds running on it. It was completely indifferent to him in this minute, whoever was standing over him, whatever he was saying about him; he was glad only for this, that people stopped over him, and he wished only that these

ему и возвратили бы его к жизни, которая казалась ему столь прекрасною, потому что он так иначе понимал ее теперь. Он собрал все свои силы, чтобы пошевелиться и произвести какой-нибудь звук. Он слабо пошевелил ногою и произвел самого его разжалобивший, слабый, болезненный стон.

— А! он жив, — сказал Наполеон. — Поднять этого молодого человека, ce jeune homme, и свезти на перевязочный пункт!

Сказав это, Наполеон поехал дальше навстречу к маршалу Лану, который, сняв шляпу, улыбаясь и поздравляя с победой, подъезжал к императору.

Князь Андрей не помнил ничего дальше: он потерял сознание от страшной боли, которую причинили ему укладывание на носилки, толчки во время движения и сондирование раны на перевязочном пункте. Он очнулся уже только в конце дня, когда его, соединив с другими русскими ранеными и пленными офицерами, понесли в госпиталь. На этом передвижении он чувствовал себя несколько свежее и мог оглядываться и даже говорить.

Первые слова, которые он услыхал, когда очнулся, — были слова французского конвойного офицера, который поспешно говорил:

— Надо здесь остановиться: император сейчас проедет; ему доставит удовольствие видеть этих пленных господ.

— Нынче так много пленных, чуть не вся русская армия, что ему, вероятно, это наскучило, — сказал другой офицер.

— Ну, однако! Этот, говорят, командир всей гвардии императора Александра, — сказал первый, указывая на раненого русского офицера в белом кавалергардском мундире.

Болконский узнал князя Репнина, которого он встречал в петербургском свете. Рядом с ним стоял другой, 19-летний мальчик, тоже раненый кавалергардский офицер.

Бонапарте, подъехав галопом, остановил лошадь.

— Кто старший? — сказал он, увидав пленных.

people helped him and would return him to life, which seemed to him so beautiful, because he understood it so differently now. He gathered all his powers to move and to produce any sound. He moved the leg weakly and produced intenerating himself a weak painful moan.

Ah! He is alive, – said Napoleon. – Lift this young man, ce jeune homme, and carry him to a dressing station!

Having said this, Napoleon rode further towards Marshal Lannes who, having taken off his hat, smiling and congratulating on victory, was riding up to the Emperor.

Prince Andrey did not remember anything further: he lost consciousness from horrible pain, which placing on the stretcher, jolts in the time of moving and probing the wound at the dressing station inflicted on him. He came to already only by the end of the day, when he, joined with other Russian wounded and captive officers, was carried to the hospital. At this moving, he felt himself a little fresher and could look around and even talk.

The first words, which he heard when he came to, were the words of a French convoy officer, who was hurriedly saying,

Need to stop here: the Emperor will now ride by; it will give him pleasure to see these captive gentlemen.

Today there are so many captives, nearly all Russian army, that it probably bored him, – said another officer.

Well, however! This is, it is said, the commander of all the guard of the Emperor Alexander, – said the first, pointing at a wounded Russian officer in a white horse-guardsman coat.

Bolkonskiy recognized Prince Repnin whom he had met in Petersburg society. Near him stood another, a 19-year-old boy, also a wounded horse-guardsman officer.

Bonaparte, having ridden up in a gallop, stopped the horse.

Who is senior? – Said he, seeing the captives.

Назвали полковника, князя Репнина.

— Вы командир кавалергардского полка императора Александра? — спросил Наполеон.

— Я командовал эскадроном, — отвечал Репнин.

— Ваш полк честно исполнил долг свой, — сказал Наполеон.

— Похвала великого полководца есть лучшая награда солдату, — сказал Репнин.

— С удовольствием отдаю ее вам, — сказал Наполеон. — Кто этот молодой человек подле вас?

Князь Репнин назвал поручика Сухтелена.

Посмотрев на него, Наполеон сказал, улыбаясь:

— Il est venu bien jeune se frotter; nous. [Молод же явился он состязаться с нами.]

— Молодость не мешает быть храбрым, — проговорил обрывающимся голосом Сухтелен.

— Прекрасный ответ, — сказал Наполеон. — Молодой человек, вы далеко пойдете!

Князь Андрей, для полноты трофея пленников выставленный также вперед, на глаза императору, не мог не привлечь его внимания. Наполеон, видимо, вспомнил, что он видел его на поле и, обращаясь к нему, употребил то самое наименование молодого человека — jeune homme, под которым Болконский в первый раз отразился в его памяти.

— Et vous, jeune homme? Ну, а вы, молодой человек? — обратился он к нему, — как вы себя чувствуете, mon brave?

Несмотря на то, что за пять минут перед этим князь Андрей мог сказать несколько слов солдатам, переносившим его, он теперь, прямо устремив свои глаза на Наполеона, молчал... Ему так ничтожны казались в эту минуту все интересы, занимавшие Наполеона, так мелочен казался ему сам герой его, с этим мелким тщеславием и радостью победы, в сравнении с тем высоким,

Was named the colonel, Prince Repnin.

Are you the commander of the horse-guardsman regiment of the Emperor Alexander? – asked Napoleon.

I was commanding the squadron, – Repnin was answering.

Your regiment honestly did its duty, – said Napoleon.

Praise of a great military leader is the best reward for a soldier, – said Repnin.

With pleasure I give it to you, – said Napoleon. – Who is this young man beside you?

Prince Repnin named lieutenant Sukhtelen.

Having looked at him, Napoleon said, smiling,

Il est venu bien jeune se frotter nous. [Young he is, he appeared to compete with us.]

Youth does not hinder to be brave, – said in a breaking voice Sukhtelen.

A beautiful answer, – said Napoleon. – Young man, you will go far!

Prince Andrey, for the fullness of the trophy exhibited also at the front, to the eyes of the Emperor, could not but attract his attention. Napoleon, it seems, remembered that he had seen him on the field, and addressing to him used that very name of the young man – jeune home – under which Bolkonskiy for the first time reflected in his memory.

— Et vous, jeune homme? Well, and you, young man? – He addressed him, – How do you feel yourself, mon brave?

Despite the fact that five minutes before that Prince Andrey could say several words to the soldiers carrying him, he now, directly focusing his eyes on Napoleon, was silent... So insignificant seemed to him at this minute all the interests occupying Napoleon, so petty seemed to him his hero himself, with this shallow vanity and excitement of victory in comparison with that high fair and

справедливым и добрым небом, которое он видел и понял, — что он не мог отвечать ему.

Да и всё казалось так бесполезно и ничтожно в сравнении с тем строгим и величественным строем мысли, который вызывали в нем ослабление сил от истекшей крови, страдание и близкое ожидание смерти. Глядя в глаза Наполеону, князь Андрей думал о ничтожности величия, о ничтожности жизни, которой никто не мог понять значения, и о еще большем ничтожестве смерти, смысл которой никто не мог понять и объяснить из живущих.

Император, не дождавшись ответа, отвернулся и, отъезжая, обратился к одному из начальников:

— Пусть позаботятся об этих господах и свезут их в мой бивуак; пускай мой доктор Ларрей осмотрит их раны. До свидания, князь Репнин, — и он, тронув лошадь, галопом поехал дальше.

На лице его было сиянье самодовольства и счастия.

Солдаты, принесшие князя Андрея и снявшие с него попавшийся им золотой образок, навешенный на брата княжною Марьею, увидав ласковость, с которою обращался император с пленными, поспешили возвратить образок.

Князь Андрей не видал, кто и как надел его опять, но на груди его сверх мундира вдруг очутился образок на мелкой золотой цепочке.

"Хорошо бы это было, — подумал князь Андрей, взглянув на этот образок, который с таким чувством и благоговением навесила на него сестра, — хорошо бы это было, ежели бы всё было так ясно и просто, как оно кажется княжне Марье. Как хорошо бы было знать, где искать помощи в этой жизни и чего ждать после нее, там, за гробом! Как бы счастлив и спокоен я был, ежели бы мог сказать теперь: Господи, помилуй меня!... Но кому я скажу это! Или сила — неопределенная, непостижимая, к которой я не

kind sky, which he saw and understood, that he could not answer to him.

And everything seemed so useless and insignificant in comparison with that strict and majestic line of thought, which caused in him weakening of powers from outflowing blood, suffering and close expectation of death. Looking in the eyes of Napoleon, Prince Andrey thought about the insignificance of greatness, about the insignificance of life, the meaning of which nobody could understand, and about even bigger insignificance of death, the sense of which nobody could understand or explain from the living.

The Emperor, having waited in vain for the answer, turned away, and, riding off, addressed one of the chiefs.

Let them take care of these gentlemen and carry them to my bivouac; let my doctor Larrey examine their wounds. Good-bye, Prince Repnin, – and he, having touched the horse, rode galloping further.

On his face, there was a shining of self-complacence and happiness.

The soldiers, having brought Prince Andrew and taken off him a small gold icon that came to their notice, hanged on the brother by Princess Marya, seeing the affection with which the Emperor treated the captives, hurried to give back the small icon.

Prince Andrey did not see who and how put it back on again, but on his chest over the coat suddenly occurred a small icon on a small gold chain.

"It would be good," – thought Prince Andrey, glancing at this small icon, which with such feeling and awe had hung on him his sister. "It would be good if everything were so clear and simple as it seems to Princess Marya. How good it would be to know where to look for help in this life and what to expect after it, there, beyond the coffin! How happy and calm I would be if I could say now, "God, have mercy on me!"...But who will I tell this to! Or the power – undetermined, incomprehensible, which I fail not only to

только не могу обращаться, но которой не могу выразить словами, — великое всё или ничего, — говорил он сам себе, — или это тот Бог, который вот здесь зашит, в этой ладонке, княжной Марьей? Ничего, ничего нет верного, кроме ничтожества всего того, что мне понятно, и величия чего-то непонятного, но важнейшего!"

Носилки тронулись. При каждом толчке он опять чувствовал невыносимую боль; лихорадочное состояние усилилось, и он начинал бредить. Те мечтания об отце, жене, сестре и будущем сыне и нежность, которую он испытывал в ночь накануне сражения, фигура маленького, ничтожного Наполеона и над всем этим высокое небо, составляли главное основание его горячечных представлений.

Тихая жизнь и спокойное семейное счастие в Лысых Горах представлялись ему. Он уже наслаждался этим счастием, когда вдруг являлся маленький Наполеон с своим безучастным, ограниченным и счастливым от несчастия других взглядом, и начинались сомнения, муки, и только небо обещало успокоение. К утру все мечтания смешались и слились в хаос и мрак беспамятства и забвения, которые гораздо вероятнее, по мнению самого Ларрея, доктора Наполеона, должны были разрешиться смертью, чем выздоровлением.

— C'est un sujet nerveux et bilieux, — сказал Ларрей, — il n'en rechappera pas. [Это человек нервный и желчный, он не выздоровеет.]

Князь Андрей, в числе других безнадежных раненых, был сдан на попечение жителей.

address, but which cannot express by words – the great everything or nothing, –was telling he to himself – or is this that God, who is sewn here, in this amulet, by Princess Marya? Nothing, nothing is there true, except insignificance of everything that is understandable to me, and the greatness of something incomprehensible, but the most important!"

The stretcher was off. At every jolt he again felt intolerable pain; feverish condition strengthened, and he began raving. Those dreams about the father, wife, sister and future son and tenderness that he had felt the night on the eve of the battle, a figure of small, insignificant Napoleon, and, above all these, the high sky composed the main basis of his delirious representations.

Quiet life and calm family happiness in Lysye Mountains presented themselves to him. He was already enjoying this happiness, when suddenly appeared a young Napoleon with his indifferent, limited and happy from the unhappiness of others gaze, and started doubts, torments; and only the sky promised sedation. By morning, all dreams mixed and merged into chaos and gloom of unconsciousness and oblivion, which much more probably, in the opinion of Larrey himself, doctor of Napoleon, had to resolve in death, than recovery.

– C'est un sujet nerveux et bilieux, – Larrey said. – il n'en rechappera pas. [This person is nervous and bilious; he will not recover.]

Prince Andrey, among other hopelessly wounded, was handed in for care of residents.

# ЧАСТЬ ПЯТАЯ

## XX

Пьер не остался обедать, а тотчас же вышел из комнаты и уехал. Он поехал отыскивать по городу Анатоля Курагина, при мысли о котором теперь вся кровь у него приливала к сердцу и он испытывал затруднение переводить дыхание. На горах, у цыган, у Comoneno — его не было. Пьер поехал в клуб.

В клубе всё шло своим обыкновенным порядком: гости, съехавшиеся обедать, сидели группами и здоровались с Пьером и говорили о городских новостях. Лакей, поздоровавшись с ним, доложил ему, зная его знакомство и привычки, что место ему оставлено в маленькой столовой, что князь Михаил Захарыч в библиотеке, а Павел Тимофеич не приезжали еще. Один из знакомых Пьера между разговором о погоде спросил у него, слышал ли он о похищении Курагиным Ростовой, про которое говорят в городе, правда ли это? Пьер, засмеявшись, сказал, что это вздор, потому что он сейчас только от Ростовых. Он спрашивал у всех про Анатоля; ему сказал один, что не приезжал еще, другой, что он будет обедать нынче. Пьеру странно было смотреть на эту спокойную, равнодушную толпу людей, не знавшую того, что делалось у него

# VOLUME 2

# PART FIVE

## XX

Pier did not stay to dine, but immediately exited the room and left. He rode to search in the city for Anatole Kuragin, at the thought of whom now all the blood in him rushed to the heart, and he experienced difficulty to catch his breath. On the mountains, at the gypsies, at Comoneno – he was not. Pier rode to the club.

In the club, everything was going by its own usual order: the guests having come to dine were sitting in groups and greeting Pier and talking about city news. A footman, having greeted him, reported to him, knowing his acquaintances and habits that the place was left for him in the small dining rom, that Prince Mikhail Zakharych was is the library, and Pavel Timofeich had not arrived yet. One of the acquaintances of Pier among the conversation about the weather asked him whether he had heard about the abduction by Kuragin of Rostova, which was being talked about in the city, whether this was true. Pier, having laughed, said that this was nonsense, because he was right now from the Rostovs. He asked everyone about Anatole; one told him that he had not come yet, another that he would dine today. It was strange to Pier to look at this quiet indifferent crowd of people, not knowing what was happening in

в душе. Он прошелся по зале, дождался пока все съехались, и не дождавшись Анатоля, не стал обедать и поехал домой.

Анатоль, которого он искал, в этот день обедал у Долохова и совещался с ним о том, как поправить испорченное дело. Ему казалось необходимо увидаться с Ростовой. Вечером он поехал к сестре, чтобы переговорить с ней о средствах устроить это свидание. Когда Пьер, тщетно объездив всю Москву, вернулся домой, камердинер доложил ему, что князь Анатоль Васильич у графини. Гостиная графини была полна гостей.

Пьер не здороваясь с женою, которую он не видал после приезда (она больше чем когда-нибудь ненавистна была ему в эту минуту), вошел в гостиную и увидав Анатоля подошел к нему.

— Ah, Pierre, — сказала графиня, подходя к мужу. — Ты не знаешь в каком положении наш Анатоль... — Она остановилась, увидав в опущенной низко голове мужа, в его блестящих глазах, в его решительной походке то страшное выражение бешенства и силы, которое она знала и испытала на себе после дуэли с Долоховым.

— Где вы — там разврат, зло, — сказал Пьер жене. — Анатоль, пойдемте, мне надо поговорить с вами, — сказал он по-французски.

Анатоль оглянулся на сестру и покорно встал, готовый следовать за Пьером.

Пьер, взяв его за руку, дернул к себе и пошел из комнаты.

— Si vous vous permettez dans mon salon, [Если вы позволите себе в моей гостиной,] — шепотом проговорила Элен; но Пьер, не отвечая ей вышел из комнаты.

Анатоль шел за ним обычной, молодцоватой походкой. Но на лице его было заметно беспокойство.

Войдя в свой кабинет, Пьер затворил дверь и обратился к Анатолю, не глядя на него.

— Вы обещали графине Ростовой жениться на ней и хотели увезти ее?

his soul. He walked along the living room, waited until everyone arrived and, having waited in vain for Anatole, would not dine and rode home.

Anatole, whom he was looking for, this day was dining at Dolohov's and was consulting him on how to correct the spoilt business. It seemed necessary to him to see Rostova. In the evening, he rode to his sister to talk with her about the means of arranging this date. When Pier, having ridden around the whole Moscow, came home, the valet reported to him that Prince Anatole Vasilich was at the Countess. The salon of the Countess was full of guests.

Pier, not greeting the wife whom he had not seen after the arrival (she was more than ever hateful to him at that minute) entered the salon and, seeing Anatole, came to him.

— Ah, Pierre, — said the Countess, approaching the husband. — You do not know what position our Anatole is…— She stopped, seeing in the lowly downcast head of the husband, his shining eyes, his decisive gaze that scary expression of rage and power, which she knew and experienced on herself after the duel with Dolohov.

— Where you are – there is lechery, evil, — said Pier to the wife. — Anatole, come, I need to talk to you, — said he in French.

Anatole looked back at his sister and meekly stood up, ready to follow Pier.

Pier, taking him by the hand, tugged to himself and went out of the room.

— Si vous vous permettez dans mon salon, [If you dare yourself in my salon,] — Elen said in a whisper; but Pier, not answering to her, left the room.

Anatole went after him with his usual dashing gait. But on the face of his was noticeable concern.

Entering his study, Pier shut the door and addressed Anatole, not looking at him.

— Did you promise Countess Rostova to marry her and want to take her away?

— Мой милый, — отвечал Анатоль по-французски (как и шел весь разговор), я не считаю себя обязанным отвечать на допросы, делаемые в таком тоне.

Лицо Пьера, и прежде бледное, исказилось бешенством. Он схватил своей большой рукой Анатоля за воротник мундира и стал трясти из стороны в сторону до тех пор, пока лицо Анатоля не приняло достаточное выражение испуга.

— Когда я говорю, что *мне надо* говорить с вами… — повторял Пьер.

— Ну что, это глупо. А? — сказал Анатоль, ощупывая оторванную с сукном пуговицу воротника.

— Вы негодяй и мерзавец, и не знаю, что меня воздерживает от удовольствия размозжить вам голову вот этим, — говорил Пьер, — выражаясь так искусственно потому, что он говорил по-французски. Он взял в руку тяжелое пресспапье и угрожающе поднял и тотчас же торопливо положил его на место.

— Обещали вы ей жениться?

— Я, я, я не думал; впрочем я никогда не обещался, потому что…

Пьер перебил его. — Есть у вас письма ее? Есть у вас письма? — повторял Пьер, подвигаясь к Анатолю.

Анатоль взглянул на него и тотчас же, засунув руку в карман, достал бумажник.

Пьер взял подаваемое ему письмо и оттолкнув стоявший на дороге стол повалился на диван.

— Je ne serai pas violent, ne craignez rien, [Не бойтесь, я насилия не употреблю,] — сказал Пьер, отвечая на испуганный жест Анатоля. — Письма — раз, — сказал Пьер, как будто повторяя урок для самого себя. — Второе, — после минутного молчания продолжал он, опять вставая и начиная ходить, — вы завтра должны уехать из Москвы.

— Но как же я могу…

— Третье, — не слушая его, продолжал Пьер, — вы никогда

— My dear, — answered Anatole in French (as was going the whole conversation), I do not consider myself obliged to answer the interrogations made in such a tone.

The face of Pier, pale even before, distorted with rage. He grabbed with his big hand Anatole by the collar of his coat and started shaking from side to side until the face of Anatole took the expression of enough fear.

— When I say that *I need* to talk to you... — was repeating Pier.

— Well, what, this is silly. Well? — Anatole said, probing the torn with the cloth button of the collar.

— You are a scoundrel and a blackguard, and I do not know what is keeping me from the pleasure of smashing your head with this, — was saying Pier, — expressing so artificially because he was speaking French. He took in his hand a heavy paperweight and threateningly lifted it and immediately hurried put it in its place.

— Did you promise her to get married?

— I, I, I did not think; although I never promised, because...

Pier interrupted him. — Do you have the letters of her? Do you have the letters? —Was repeating Pier, moving to Anatole.

Anatole glanced at him and immediately, sticking a hand into the pocket, took out a wallet.

Pier took the handed to him letter and, pushing aside the standing in the way table, fell onto the sofa.

— Je ne serai pas violent, ne craignez rien, [Do not fear, I will not use violence,] — said Pier, answering the frightened gesture of Anatole. — Letters — one, — said Pier, as if repeating a lesson to himself. — The second, — after a minute's silence continued he, again standing up and beginning to walk, — you tomorrow must leave Moscow.

— But how can I...

— The third, — not listening to him, went on Pier, — you must

ни слова не должны говорить о том, что было между вами и графиней. Этого, я знаю, я не могу запретить вам, но ежели в вас есть искра совести… — Пьер несколько раз молча прошел по комнате. Анатоль сидел у стола и нахмурившись кусал себе губы.

— Вы не можете не понять наконец, что кроме вашего удовольствия есть счастье, спокойствие других людей, что вы губите целую жизнь из того, что вам хочется веселиться. Забавляйтесь с женщинами подобными моей супруге — с этими вы в своем праве, они знают, чего вы хотите от них. Они вооружены против вас тем же опытом разврата; но обещать девушке жениться на ней… обмануть, украсть… Как вы не понимаете, что это так же подло, как прибить старика или ребенка!…

Пьер замолчал и взглянул на Анатоля уже не гневным, но вопросительным взглядом.

— Этого я не знаю. А? — сказал Анатоль, ободряясь по мере того, как Пьер преодолевал свой гнев. — Этого я не знаю и знать не хочу, — сказал он, не глядя на Пьера и с легким дрожанием нижней челюсти, — но вы сказали мне такие слова: подло и тому подобное, которые я comme un homme d'honneur [как честный человек] никому не позволю.

Пьер с удивлением посмотрел на него, не в силах понять, чего ему было нужно.

— Хотя это и было с глазу на глаз, — продолжал Анатоль, — но я не могу…

— Что ж, вам нужно удовлетворение? — насмешливо сказал Пьер.

— По крайней мере вы можете взять назад свои слова. А? Ежели вы хотите, чтоб я исполнил ваши желанья. А?

— Беру, беру назад, — проговорил Пьер и прошу вас извинить меня. Пьер взглянул невольно на оторванную пуговицу. — И денег, ежели вам нужно на дорогу. — Анатоль улыбнулся.

Это выражение робкой и подлой улыбки, знакомой ему по

not a word, ever, speak about what was between you and the Countess. This I know I cannot prohibit you to, but if there is a spark of conscience in you... — Pier several times silently walked over the room. Anatole was sitting by the table and frowning was biting himself lips.

— You cannot fail to understand finally that besides your pleasure there is happiness, calmness of other people, that you are ruing the whole life from that that you want to have fun. Have fun with women similar to my spouse — with those you are in your own right, they know what you want from them. They are armed against you with the same experience of lechery; but to promise a girl to marry her...to deceive, to abduct... How do you not understand that it is as vile as to kill an old man or a child! ...

Pier fell silent and glanced at Anatole already not with a furious but with a questionable look.

— This I do not know. So? — said Anatole, cheering up as Pier was overcoming his fury. — This I do not know and do not want to know, — said he, not looking at Pier and with a slight trembling of the lower jaw. — But you have said to me such words: vile and suchlike, which I comme un homme d›honneur [as an honest person] nobody will allow.

Pier with amazement looked at him, not able to understand what to him was needed.

— Although it was tet-a-tet, —continued Anatole, — but I cannot...

— Well, do you need satisfaction? — Mockingly said Pier.

— At least you can take back your words. So? If you want me to fulfil your wishes. So?

— I take, I take back, — said Pier, – and ask you to forgive me. Pier looked unwillingly at the torn button. — And money, if you need for the road. — Anatole smiled.

This expression of a timid and vile smile, familiar to him from his

жене, взорвало Пьера.

— О, подлая, бессердечная порода! — проговорил он и вышел из комнаты.

На другой день Анатоль уехал в Петербург.

wife, exploded Pier.

— Oh, vile heartless breed! — Said he and left the room.

The next day Anatole left for Petersburg.

# ТОМ 3

# ЧАСТЬ ВТОРАЯ

## XXXVI

Полк князя Андрея был в резервах, которые до второго часа стояли позади Семеновского в бездействии, под сильным огнем артиллерии. Во втором часу полк, потерявший уже более двухсот человек, был двинут вперед на стоптанное овсяное поле, на тот промежуток между Семеновским и курганной батареей, на котором в этот день были побиты тысячи людей и на который во втором часу дня был направлен усиленно-сосредоточенный огонь из нескольких сот неприятельских орудий.

Не сходя с этого места и не выпустив ни одного заряда, полк потерял здесь еще третью часть своих людей. Спереди и в особенности с правой стороны, в нерасходившемся дыму, бубухали пушки и из таинственной области дыма, застилавшей всю местность впереди, не переставая, с шипящим быстрым свистом, вылетали ядра и медлительно свистевшие гранаты. Иногда, как бы давая отдых, проходило четверть часа, во время которых все ядра и гранаты перелетали, но иногда в продолжение минуты несколько человек вырывало из полка, и беспрестанно оттаскивали убитых и уносили раненых.

# PART TWO

## XXXVI

The regiment of Prince Andrey was in reserves, which until two o'clock stood behind Semyonovsky without action, under the strong fire of artillery. Past one o'clock the regiment, having already lost more than two hundred people, was moved forward to the trampled oat field, to that the gap between Semyonovsky and the mound battery, on which this day thousands of people were beaten and on which past one o'clock strengthened-concentrated fire was directed from several hundred enemy's cannons.

Not leaving this place and not firing a single shell, the regiment lost here another third of its people. At the front, and especially on the right side, in undispersed smoke, cannons were banging and from a mysterious area of the smoke, covering the whole land ahead, not stopping, with hissing fast whistle, cannonballs and slowly whistling grenades were flying. Sometimes, as if giving a rest, a quarter of an hour passed, during which all cannonballs and grenades flew over, but sometimes during a minute several people were torn out from the regiment, and constantly dragged aside the dead and carried away the wounded.

С каждым новым ударом все меньше и меньше случайностей жизни оставалось для тех, которые еще не были убиты. Полк стоял в батальонных колоннах на расстоянии трехсот шагов, но, несмотря на то, все люди полка находились под влиянием одного и того же настроения. Все люди полка одинаково были молчаливы и мрачны. Редко слышался между рядами говор, но говор этот замолкал всякий раз, как слышался попавший удар и крик: "Носилки!" Большую часть времени люди полка по приказанию начальства сидели на земле. Кто, сняв кивер, старательно распускал и опять собирал сборки; кто сухой глиной, распорошив ее в ладонях, начищал штык; кто разминал ремень и перетягивал пряжку перевязи; кто старательно расправлял и перегибал по-новому подвертки и переобувался. Некоторые строили домики из калмыжек пашни или плели плетеночки из соломы жнивья. Все казались вполне погружены в эти занятия. Когда ранило и убивало людей, когда тянулись носилки, когда наши возвращались назад, когда виднелись сквозь дым большие массы неприятелей, никто не обращал никакого внимания на эти обстоятельства. Когда же вперёд проезжала артиллерия, кавалерия, виднелись движения нашей пехоты, одобрительные замечания слышались со всех сторон. Но самое большое внимание заслуживали события совершенно посторонние, не имевшие никакого отношения к сражению. Как будто внимание этих нравственно измученных людей отдыхало на этих обычных, житейских событиях. Батарея артиллерии прошла пред фронтом полка. В одном из артиллерийских ящиков пристяжная заступила постромку. "Эй, пристяжную-то!.. Выправь! Упадет... Эх, не видят!.. — по всему полку одинаково кричали из рядов. В другой раз общее внимание обратила небольшая коричневая собачонка с твёрдо поднятым хвостом, которая, бог знает откуда взявшись, озабоченной рысцой выбежала перед ряды и вдруг от близко ударившего ядра взвизгнула и, поджав

With each new shot, less and less flukes of life were left for those who had not been killed yet. The regiment was standing in battalion columns at the distance of three hundred paces, but despite that, all people of the regiment were under the influence of one and the same mood. All people of the regiment were equally silent and gloomy. Rarely was heard talking between the rows, but this talking fell silent every time was heard a hit shot and a shout, "Stretcher!" Most part of the time, people of the regiment according to command's order were sitting on the ground. Someone, having taking off the shako was diligently loosing and again gathering the frills; someone with dry clay, having powdered it in palms, was polishing the bayonet; someone was crumpling the belt and retightening the buckle of the cross belt; someone was industriously straightening out and folding anew foot cloths and putting on the footwear again. Some were building houses from dried mud lumps of the crop field or weaving the twists from the straw of the stubble. Everyone seemed to be quite absorbed by these activities. When /it/ wounded and killed people, when the stretchers were lining up, when our /forces/ were coming back, when were seen through the smoke large masses of enemy, nobody paid any attention to these circumstances. When was riding forward the artillery, cavalry, were seen the movements of our infantry, approving remarks were heard from all the sides. But the biggest attention deserved the events completely unrelated, having absolutely no relation to the battle. As if the attention of these morally jaded people was resting on these usual worldly events. The battery of artillery passed on from of the regiment. In one of the artillery boxes, a trace-horse stepped on a tug. "Hey, and the trace-horse! ... Straighten! It will fall...Oh, they do not see!" — In the whole regiment equally shouted from the rows. The next time everyone's attention was paid to a small brown dog with a stiffly raised tail, which, God knows where it appeared from, in a concerned trot ran out in the front of the rows, and suddenly from a closely hit cannonball, yelped and, having put her tail between the legs, rushed to the

хвост, бросилась в сторону. По всему полку раздалось гоготанье и взвизги. Но развлечения такого рода продолжались минуты, а люди уже более восьми часов стояли без еды и без дела под непроходящим ужасом смерти, и бледные и нахмуренные лица все более бледнели и хмурились.

Князь Андрей, точно так же как и все люди полка, нахмуренный и бледный, ходил взад и вперёд по лугу подле овсяного поля от одной межи до другой, заложив назад руки и опустив голову. Делать и приказывать ему нечего было. Всё делалось само собою. Убитых оттаскивали за фронт, раненых относили, ряды смыкались. Ежели отбегали солдаты, то они тотчас же поспешно возвращались. Сначала князь Андрей, считая своею обязанностью возбуждать мужество солдат и показывать им пример, прохаживался по рядам; но потом он убедился, что ему нечему и нечем учить их. Все силы его души, точно так же как и каждого солдата, были бессознательно направлены на то, чтобы удержаться только от созерцания ужаса того положения, в котором они были. Он ходил по лугу, волоча ноги, шаршавя траву и наблюдая пыль, которая покрывала его сапоги; то он шагал большими шагами, стараясь попадать в следы, оставленные косцами по лугу, то он, считая свои шаги, делал расчеты, сколько раз он должен пройти от межи до межи, чтобы сделать версту, то ошмурыгивал цветки полыни, растущие на меже, и растирал эти цветки в ладонях и принюхивался к душисто-горькому, крепкому запаху. Изо всей вчерашней работы мысли не оставалось ничего. Он ни о чём не думал. Он прислушивался усталым слухом всё к тем же звукам, различая свистенье полётов от гула выстрелов, посматривал на приглядевшиеся лица людей 1-го батальона и ждал. "Вот она… эта опять к нам! — думал он, прислушиваясь к приближавшемуся свисту чего-то из закрытой области дыма. — Одна, другая! Еще! Попало… Он остановился и поглядел на ряды. „Нет, перенесло. А

side. Over the whole regiment sounded gaggling and yelps. But the entertainment of such kind lasted some minutes, and people for more than eight hours had already been standing without food and without business under the impassable horror of death, and pale frowned faces still more blanched and frowned.

Prince Andrey, just the same as all the other people of the regiment, frowning and pale, was pacing back and forth on the meadow near the oat field from one boundary to another, having put arms behind and having lowered the head. There was nothing for him to do or order. Everything was done by itself. The killed were pulled beyond the front, the wounded were carried away, the lines were closed. If soldiers ran off, then they immediately hurriedly returned. At the beginning, Prince Andrey, considering it his duty to provoke the courage of soldiers and to show them an example, was walking along the lines; but then he became assured that he had nothing and no way to teach them. All the powers of his soul, as well as of any soldier's were unconsciously directed to just holding from contemplation of horror of the position, in which they were. He was walking in the meadow, dragging legs, rustling the grass and watching the dust that covered his high boots; now he was walking with big strides, trying to fit into the steps left by the movers on the meadow; then he, counting his steps, made calculations, how many times he had to go from the boundary to the boundary in order to make a verst; then he was peeling off the flowers of sagebrush growing in the boundary, and was rubbing these flowers in hands and was smelling the bitter-fragrant strong scent. Out of the all yesterday's work of thought nothing was left. He did not think about anything. He was listening with tired hearing to the same noises, distinguishing the whistling of the flights from the humming of the shots, was looking at the appealing faces of people of the first battalion and was waiting. "Here she is, this is again to us!" – thought he, listening to the approaching whistle of something from the covered area of smoke. "One, another! More! Hit... He stopped and looked at the

вот это попало". И он опять принимался ходить, стараясь делать большие шаги, чтобы в шестнадцать шагов дойти до межи.

Свист и удар! В пяти шагах от него взрыло сухую землю и скрылось ядро. Невольный холод пробежал по его спине. Он опять поглядел на ряды. Вероятно, вырвало многих; большая толпа собралась у 2-го батальона.

— Господин адъютант, — прокричал он, — прикажите, чтобы не толпились. — Адъютант, исполнив приказание, подходил к князю Андрею. С другой стороны подъехал верхом командир батальона.

— Берегись! — послышался испуганный крик солдата, и, как свистящая на быстром полёте, приседающая на землю птичка, в двух шагах от князя Андрея, подле лошади батальонного командира, негромко шлёпнулась граната. Лошадь первая, не спрашивая того, хорошо или дурно было высказывать страх, фыркнула, взвилась, чуть не сронив майора, и отскакала в сторону. Ужас лошади сообщился людям.

— Ложись! — крикнул голос адъютанта, прилегшего к земле. Князь Андрей стоял в нерешительности. Граната, как волчок, дымясь, вертелась между ним и лежащим адъютантом, на краю пашни и луга, подле куста полыни.

"Неужели это смерть? — думал князь Андрей, совершенно новым, завистливым взглядом глядя на траву, на полынь и на струйку дыма, вьющуюся от вертящегося черного мячика. — Я не могу, я не хочу умереть, я люблю жизнь, люблю эту траву, землю, воздух… — Он думал это и вместе с тем помнил о том, что на него смотрят.

— Стыдно, господин офицер! — сказал он адъютанту. — Какой… — он не договорил. В одно и то же время послышался взрыв, свист осколков как бы разбитой рамы, душный запах пороха — и князь Андрей рванулся в сторону и, подняв кверху руку, упал на грудь.

lines. "No, carried over. And this has hit." And he again started walking, trying to make big strides, to come to the boundary in sixteen steps.

A whistle and a blow! Five steps away from him a cannonball dug out dry ground and disappeared. Involuntary chill ran down his back. He again looked at the rows. Probably tore out many; a big crowd gathered at the second battalion.

— Sir aide-de-camp, — shouted he, — order not to crowd. — Aide-de-camp, having carried out the order, was approaching Prince Andrey. From the other side a commander of the battalion has come riding.

— Look out! — Was heard frightened scream of a soldier, and, like a whistling in a fast flight, squatting on the ground bird, two steps away from Prince Andrey, near the horse of the battalion commander, not loudly plopped a grenade. The horse first, not asking if it was good or bad to show the fear, snorted, soared up, nearly throwing off the major, and galloped aside. The terror of the horse communicated to people.

— Lay down! — shouted the voice of the aide-de-camp laying to the ground. Prince Andrey was standing in uncertainty. The grenade, like a top, smoking, was whirling between him and the lying aide-de-camp, on the edge of the arable and the meadow, next to the bush of sagebrush.

"Is it really death?" — Was thinking Prince Andrey, with an utterly new, envious look staring at the grass, the sagebrush and the whip of smoke winding up from the whirling black ball. — I cannot, I do not want to die, I love life, love this grass, land, air ... — He was thinking about it, and at the same time remembered that at him were looking.

— Shame on you, officer! — Said he to aide-de-camp. — Such a... — he did not finish. At the same time was heard the explosion, the whistle of shatters as if of a broken frame, stiffening smell of gunpowder — and Prince Andrey rushed to the side and, rising the hand up, fell on his chest.

Несколько офицеров подбежало к нему. С правой стороны живота расходилось по траве большое пятно крови.

Вызванные ополченцы с носилками остановились позади офицеров. Князь Андрей лежал на груди, опустившись лицом до травы, и, тяжело, всхрапывая, дышал.

— Ну что стали, подходи!

Мужики подошли и взяли его за плечи и ноги, но он жалобно застонал, и мужики, переглянувшись, опять отпустили его.

— Берись, клади, всё одно! — крикнул чей-то голос. Его другой раз взяли за плечи и положили на носилки.

— Ах боже мой! Боже мой! Что ж это?.. Живот! Это конец! Ах боже мой! — слышались голоса между офицерами. — На волосок мимо уха прожужжала, — говорил адъютант. Мужики, приладивши носилки на плечах, поспешно тронулись по протоптанной ими дорожке к перевязочному пункту.

— В ногу идите… Э!.. мужичьё! — крикнул офицер, за плечи останавливая неровно шедших и трясущих носилки мужиков.

— Подлаживай, что ль, Хведор, а Хведор, — говорил передний мужик.

— Вот так, важно, — радостно сказал задний, попав в ногу.

— Ваше сиятельство? А? Князь? — дрожащим голосом сказал подбежавший Тимохин, заглядывая в носилки.

Князь Андрей открыл глаза и посмотрел из-за носилок, в которые глубоко ушла его голова, на того, кто говорил, и опять опустил веки.

Ополченцы принесли князя Андрея к лесу, где стояли фуры и где был перевязочный пункт. Перевязочный пункт состоял из трех раскинутых, с завороченными полами, палаток на краю березника. В березнике стояли фуры и лошади. Лошади в хребтугах ели овёс, и воробьи слетали к ним и подбирали просыпанные зёр-

Several officers ran up to him. On the right side of the stomach, was spreading on the grass a big spot of blood.

Summoned militiamen with a stretcher stopped behind the officers. Prince Andrey was lying on his chest, lowering his face to the grass, and was breathing heavily, snorting.

— Well, what are you standing, come here!

Men came and took him by the shoulders and the legs, but he moaned pitifully, and the men, exchanging glances, again lowered him.

— Take him, put down, all the same! — shouted someone's voice. Him another time took by the shoulders and put down on the stretcher.

— Oh, my God! Dear God! What is this? ...Stomach! This is the end! Oh, my God! — were heard voices among officers. — Within a hairbreadth from the ear it buzzed, — was saying the aide-de-camp. The men, having arranged the stretcher on the shoulders, hurriedly took off along the well-trodden by them path to the dressing station.

— Walk in step... Hey! ... Peasants! — shouted an officer, by the shoulders stopping the unevenly going and shaking the stretcher men.

— Adjust, or what, Khfedor, hey, Khfedor, — was saying the front man.

— There it is, important, — cheerfully said the back one, having matched the step.

— You grace? Hey? Prince? — In a trembling voice said running up Timokhin, looking into the stretcher.

Prince Andrey opened the eyes and looked from under the stretcher, in which deeply had gone his head, at the person who was talking, and again lowered the eyelids.

Militiamen brought Prince Andrey to the forest, where stood the wagons and where was the dressing station. The dressing station consisted of three spread, with upturned flaps, tents on the edge of the birch-wood. In the birch wood was standing the wagon and the horses. Horses in sack clothes were eating oats, and sparrows were flying down to them

на. Воронья, чуя кровь, нетерпеливо каркая, перелетали на берёзах. Вокруг палаток, больше чем на две десятины места, лежали, сидели, стояли окровавленные люди в различных одеждах. Вокруг раненых, с унылыми и внимательными лицами, стояли толпы солдат-носильщиков, которых тщетно отгоняли от этого места распоряжавшиеся порядком офицеры. Не слушая офицеров, солдаты стояли, опираясь на носилки, и пристально, как будто пытаясь понять трудное значение зрелища, смотрели на то, что делалось перед ними. Из палаток слышались то громкие, злые вопли, то жалобные стенания. Изредка выбегали оттуда фельдшера за водой и указывали на тех, которых надо было вносить. Раненые, ожидая у палатки своей очереди, хрипели, стонали, плакали, кричали, ругались, просили водки. Некоторые бредили. Князя Андрея, как полкового командира, шагая через неперевязанных раненых, пронесли ближе к одной из палаток и остановились, ожидая приказания. Князь Андрей открыл глаза и долго не мог понять того, что делалось вокруг него. Луг, полынь, пашня, черный крутящийся мячик и его страстный порыв любви к жизни вспомнились ему. В двух шагах от него, громко говоря и обращая на себя общее внимание, стоял, опершись на сук и с обвязанной головой, высокий, красивый, черноволосый унтер-офицер. Он был ранен в голову и ногу пулями. Вокруг него, жадно слушая его речь, собралась толпа раненых и носильщиков.

— Мы его оттеда как долбанули, так все побросал, самого короля забрали! — блестя черными разгорячёнными глазами и оглядываясь вокруг себя, кричал солдат. — Подойди только в тот самый раз лезервы, его б, братец ты мой, звания не осталось, потому верно тебе говорю…

Князь Андрей, так же как и все окружавшие рассказчика, блестящим взглядом смотрел на него и испытывал утешительное чувство. "Но разве не все равно теперь, — подумал он. — А что

and picking up spilt grains. Crows, smelling blood, impatiently croaking, were flying between the birch trees. Around the tents, for more than two dessiatines of room, were lying, sitting and standing blood-smeared people in different clothes. Around the wounded with despondent and attentive faces, were standing crowds of soldiers-carriers, whom were vainly driving away from this place the in charge of the order officers. Not listening to officers, the soldiers were standing, leaning on the stretchers; and fixedly, as if trying to understand the difficult meaning of the sight, were looking at what was done in from of them. From the tents, were heard either loud angry screams, or pitiful moanings. Rarely ran out of there medical attendants for water and pointed at those who had to be taken inside. The wounded, waiting near the tent for their turn, were wheezing, groaning, crying, shouting, cursing, asking for vodka. Some were raving. Prince Andrey, as the regiment commander, stepping over the undressed wounded, was carried closer to one of the tents and stopped there, waiting for an order. Prince Andrey opened his eyes and for a long time could not understands what was going on around him. The meadow, the sagebrush, the cropland, the black whirling ball and his passionate rush of love to life recalled to him. Two steps away from him, loudly speaking and drawing to himself general attention, was standing, leaning on a bough and with a bandaged head, a high handsome black-haired non-commissioned officer. He was wounded in the head and in the leg by bullets. Around him, greedily listening to his speech, gathered a crowd of the wounded and carriers.

— We have him from there so hit that he everything threw, the king himself was taken! — shining with his black passionate eyes and looking around himself, was shouting the soldier. — If only had come at that very moment the leserves /reserves/, from him, brother of mine, a rank would not have remained, that is why truly to you I am telling …

Prince Andrey, like everyone who surrounded the speaker, with a shining gaze was looking at him and was having a consoling feeling. "But does it make any difference now, — thought he. — And what will

будет там и что такое было здесь? Отчего мне так жалко было расставаться с жизнью? Что-то было в этой жизни, чего я не понимал и не понимаю".

be there and what was it here? Why did I regret so much losing my life? Something was there in this life, that I did not understand and do not understand."

# XXXVII

Один из докторов, в окровавленном фартуке и с окровавленными небольшими руками, в одной из которых он между мизинцем и большим пальцем (чтобы не запачкать ее) держал сигару, вышел из палатки. Доктор этот поднял голову и стал смотреть по сторонам, но выше раненых. Он, очевидно, хотел отдохнуть немного. Поводив несколько времени головой вправо и влево, он вздохнул и опустил глаза.

— Ну, сейчас, — сказал он на слова фельдшера, указывавшего ему на князя Андрея, и велел нести его в палатку.

В толпе ожидавших раненых поднялся ропот.

— Видно, и на том свете господам одним жить, — проговорил один.

Князя Андрея внесли и положили на только что очистившийся стол, с которого фельдшер споласкивал что-то. Князь Андрей не мог разобрать в отдельности того, что было в палатке. Жалобные стоны с разных сторон, мучительная боль бедра, живота и спины развлекали его. Все, что он видел вокруг себя, слилось для него в одно общее впечатление обнаженного, окровавленного человеческого тела, которое, казалось, наполняло всю низкую палатку, как несколько недель тому назад в этот жаркий, августовский день это же тело наполняло грязный пруд по Смоленской дороге. Да, это было то самое тело, та самая chair; canon [мясо для пушек], вид которой еще тогда, как бы предсказывая теперешнее, возбудил в нем ужас.

В палатке было три стола. Два были заняты, на третий положили князя Андрея. Несколько времени его оставили одного, и он невольно увидал то, что делалось на других двух столах. На ближнем столе сидел татарин, вероятно, казак — по мундиру, брошенному подле. Четверо солдат держали его. Доктор в очках что-то резал в его коричневой, мускулистой спине.

# XXXVII

One of the doctors, in a bloodstained apron and with blood-smeared small hands, in one of which between the little finger and the thumb (so as not to bedaub it) he was holding a cigarette, came out of the tent. This doctor raised his head and started looking to the sides, but over the wounded. He, obviously, wanted to rest a little. Having moved his head for some time to the right and to the left, he sighed and lowered his eyes.

— Well, now, — said he to the words of the medical attendant, pointing Prince Andrew to him, and ordered to carry him into the tent.

In the crowd of waiting wounded rose grumbling.

— Looks like in the other world the masters are alone to live, — said one.

Prince Andrey was carried inside and put down on a just cleared table, from which the medical attendant was rinsing something. Prince Andrey could not decipher separately what was in the tent. Pitiful groans from different sides, excruciating pain in the hip, stomach and back were amusing him. Everything he saw around him merged for him in one common impression of a naked bloodstained human body, which, it seemed, was filling the whole low tent, like a few weeks ago on this hot August day this very body was filling a dirty pond by the Smolenskaya road. Yes, it was the very same body, the very same chair &#224; canon [meat for cannons], the sight of which already then, as if predicting the present, had arouse in him horror.

In the tent, were three tables. Two were occupied; on the third laid Prince Andrey. For some time he was left alone, and he involuntary saw what was done at the other two tables. On the nearest table a Tatar was sitting, probably a Cossack – according to the coat thrown nearby. Four soldiers were holding him. The doctor in glasses something was cutting in his brown muscular back.

— Ух, ух, ух!.. — как будто хрюкал татарин, и вдруг, подняв кверху своё скуластое чёрное курносое лицо, оскалив белые зубы, начинал рваться, дёргаться и визжать пронзительно-звенящим, протяжным визгом. На другом столе, около которого толпилось много народа, на спине лежал большой, полный человек с закинутой назад головой (вьющиеся волоса, их цвет и форма головы показались странно знакомы князю Андрею). Несколько человек фельдшеров навалились на грудь этому человеку и держали его. Белая большая полная нога быстро и часто, не переставая, дёргалась лихорадочными трепетаниями. Человек этот судорожно рыдал и захлёбывался. Два доктора молча — один был бледен и дрожал — что-то делали над другой, красной ногой этого человека. Управившись с татарином, на которого накинули шинель, доктор в очках, обтирая руки, подошел к князю Андрею. Он взглянул в лицо князя Андрея и поспешно отвернулся.

— Раздеть! Что стоите? — крикнул он сердито на фельдшеров.

Самое первое далёкое детство вспомнилось князю Андрею, когда фельдшер торопившимися засученными руками расстёгивал ему пуговицы и снимал с него платье. Доктор низко нагнулся над раной, ощупал её и тяжело вздохнул. Потом он сделал знак кому-то. И мучительная боль внутри живота заставила князя Андрея потерять сознание. Когда он очнулся, разбитые кости бедра были вынуты, клоки мяса отрезаны, и рана перевязана. Ему прыскали в лицо водою. Как только князь Андрей открыл глаза, доктор нагнулся над ним, молча поцеловал его в губы и поспешно отошёл.

После перенесённого страдания князь Андрей чувствовал блаженство, давно не испытанное им. Все лучшие, счастливейшие минуты в его жизни, в особенности самое дальнее детство, когда его раздевали и клали в кроватку, когда няня, убаюкивая, пела над

— Ouch, ouch, ouch! ... — as if was grunting the Tartar, and suddenly, having lifted up his black face with high cheekbones and a unturned nose, having bared white teeth, started breaking free, jerking and screeching with a shrill-ringing prolonged squeal. On the other table, near which were crowding many people, on the back lay a big stout man with a thrown back head (wavy hair, their colour and the shape of the head seemed strangely familiar to Prince Andrey). Several people from medical assistants pressed onto the chest of this man and were holding him. A white big full leg quickly and frequently, not stopping, was twitching with feverish fluttering. This man was convulsively crying and choking. Two doctors silently – one was pale and trembling – were doing something with the other, red leg of this man. Having dealt with the Tatar, on which was flung a greatcoat, the doctor in glasses, wiping hands, approached Prince Andrey. He looked into the face of Prince Andrey and hurriedly turned away.

— Undress! Why are you standing? — Shouted he angrily at the medical attendants.

The very first furthest childhood recalled to Prince Andrey, when the medical attendant with hurried arms with rolled-up sleeves was unbuttoning his buttons and taking off his dress. The doctor bent low over the wound, probed it and heavily sighed. Then he made a sign to someone. And excruciating pain inside the stomach made Prince Andrey lose consciousness. When he came to, broken bones of the hip were taken out, shreds of meat were cut out, and the wound was dressed. They were sprinkling on his face water. As soon as Prince Andrey opened the eyes, the doctor bent over him, silently kissed him on the lips and hurriedly went away.

After the born suffering, Prince Andrey was feeling bliss, long not experienced by him. All the best, the happiest minutes in his life, especially the furthest childhood, when he was undressed and put into bed, when the nanny, lulling, was singing over him, when, burying the head

ним, когда, зарывшись головой в подушки, он чувствовал себя счастливым одним сознанием жизни, — представлялись его воображению даже не как прошедшее, а как действительность.

Около того раненого, очертания головы которого казались знакомыми князю Андрею, суетились доктора; его поднимали и успокаивали.

— Покажите мне... Ооооо! о! ооооо! — слышался его прерываемый рыданиями, испуганный и покорившийся страданию стон. Слушая эти стоны, князь Андрей хотел плакать. Оттого ли, что он без славы умирал, оттого ли, что жалко ему было расставаться с жизнью, от этих ли невозвратимых детских воспоминаний, оттого ли, что он страдал, что другие страдали и так жалостно перед ним стонал этот человек, но ему хотелось плакать детскими, добрыми, почти радостными слезами.

Раненому показали в сапоге с запекшейся кровью отрезанную ногу.

— О! Ооооо! — зарыдал он, как женщина. Доктор, стоявший перед раненым, загораживая его лицо, отошел.

— Боже мой! Что это? Зачем он здесь? — сказал себе князь Андрей.

В несчастном, рыдающем, обессилевшем человеке, которому только что отняли ногу, он узнал Анатоля Курагина. Анатоля держали на руках и предлагали ему воду в стакане, края которого он не мог поймать дрожащими, распухшими губами. Анатоль тяжело всхлипывал. "Да, это он; да, этот человек чем-то близко и тяжело связан со мною, — думал князь Андрей, не понимая ещё ясно того, что было перед ним. — В чем состоит связь этого человека с моим детством, с моею жизнью? — спрашивал он себя, не находя ответа. И вдруг новое, неожиданное воспоминание из мира детского, чистого и любовного, представилось князю Андрею. Он вспомнил Наташу такою, какою он видел её в первый раз на бале 1810 года, с

into the cushions, he was feeling happy from a single awareness of life, were presenting themselves by his imagination not even as the past, but as the reality.

Near that wounded, the outlines of the head of whom seemed familiar to Prince Andrey, the doctors were fussing; he was being lifted and calmed.

— Show me … Oooooh! oh! ohhhhh! — was heard his interrupted by sobbing, frightened and submitting to suffering groan. Listening to these moans, Prince Andrey wanted to cry. Whether because he was dying without fame, whether because he regretted parting with life, whether from these irrevocable childhood memories, whether because he was suffering, because the others were suffering, and so pitifully in front of him was groaning this man, but he wanted to cry with childish, kind, almost joyful tears.

The wounded was shown in a high boot with clotted blood a cut off leg.

— Oh! Ooooooh! — Burst out sobbing he like a woman. The doctor, standing in front of the wounded, blocking his face, moved aside.

— Oh, my God! What is it? Why is he here? — Said Prince Andrey to himself.

In a miserable, sobbing, powerless man, who had just had a leg amputated from him, he recognized Anatole Kuragin. Anatole was held on the arms, and offered water in a glass, the edges of which he could not catch with trembling swollen lips. Anatole was heavily sniffling. "Yes, it is him; yes, this man is by something closely and painfully connected with me, — was thinking Prince Andrey, not understanding yet clearly what was before him. — What constitutes the connection of this man with my childhood, with my life? —was asking he himself, not finding the answer. And suddenly, a new, unexpected reminiscence from the childish, pure and love world presented to Prince Andrey. He remembered Natasha in such as he had seen her for the first time at the ball

тонкой шеей и тонкими руками с готовым на восторг, испуганным, счастливым лицом, и любовь и нежность к ней, ещё живее и сильнее, чем когда-либо, проснулись в его душе. Он вспомнил теперь ту связь, которая существовала между им и этим человеком, сквозь слёзы, наполнявшие распухшие глаза, мутно смотревшим на него. Князь Андрей вспомнил всё, и восторженная жалость и любовь к этому человеку наполнили его счастливое сердце.

Князь Андрей не мог удерживаться более и заплакал нежными, любовными слезами над людьми, над собой и над их и своими заблуждениями.

"Сострадание, любовь к братьям, к любящим, любовь к ненавидящим нас, любовь к врагам — да, та любовь, которую проповедовал бог на земле, которой меня учила княжна Марья и которой я не понимал; вот отчего мне жалко было жизни, вот оно то, что ещё оставалось мне, ежели бы я был жив. Но теперь уже поздно. Я знаю это!"

of 1810, with a slim neck and slim arms, with ready for excitement, frightened, happy face, and love and tenderness for her, more alive and powerful than ever woke up in his soul. He remembered now that link, which existed between him and this man, /who/ through tears filling up swollen eyes, dimly was looking at him. Prince Andrey remembered everything, and rapturous pity and love for this man filled his happy heart.

Prince Andrey could not hold anymore and started crying with tender loving tears for people, for himself and for their and his own delusions.

"Compassion, love for brothers, for the loving, love for those who hate us, love for the enemies — yes, that love, which God had preached on earth, which to me had been teaching Princess Marya and which I did not understand; this is why I regretted life, here is what was still remained in me, if I were alive. But now it is too late. I know it!"

## XXXIX

Несколько десятков тысяч человек лежало мёртвыми в разных положениях и мундирах на полях и лугах, принадлежавших господам Давыдовым и казённым крестьянам, на тех полях и лугах, на которых сотни лет одновременно сбирали урожаи и пасли скот крестьяне деревень Бородина, Горок, Шевардина и Семёновского. На перевязочных пунктах на десятину места трава и земля были пропитаны кровью. Толпы раненых и нераненых разных команд людей, с испуганными лицами, с одной стороны брели назад к Можайску, с другой стороны — назад к Валуеву. Другие толпы, измученные и голодные, ведомые начальниками, шли вперёд. Третьи стояли на местах и продолжали стрелять.

Над всем полем, прежде столь весело-красивым, с его блёстками штыков и дымами в утреннем солнце, стояла теперь мгла сырости и дыма и пахло странной кислотой селитры и крови. Собрались тучки, и стал накрапывать дождик на убитых, на раненых, на испуганных, и на изнурённых, и на сомневающихся людей. Как будто он говорил: "Довольно, довольно, люди. Перестаньте... Опомнитесь. Что вы делаете?"

Измученным, без пищи и без отдыха, людям той и другой стороны начинало одинаково приходить сомнение о том, следует ли им ещё истреблять друг друга, и на всех лицах было заметно колебанье, и в каждой душе одинаково поднимался вопрос: "Зачем, для кого мне убивать и быть убитому? Убивайте, кого хотите, делайте, что хотите, а я не хочу больше!" Мысль эта к вечеру одинаково созрела в душе каждого. Всякую минуту могли все эти люди ужаснуться того, что они делали, бросить всё и побежать куда попало.

Но хотя уже к концу сражения люди чувствовали весь ужас своего поступка, хотя они и рады бы были перестать, какая-то непонятная, таинственная сила ещё продолжала руководить ими, и,

# XXXIX

Several dozens of thousands of men were lying dead in various positions and coats on the fields and meadows belonging to masters Davydovy and state peasants, on those fields and meadows on which for hundreds of years simultaneously were gathering harvest and grazing cattle peasant from the villages of Borodino, Gorki, Shevardino and Semenovskoye. At dressing stations on a dessiatine of space the grass and earth were soaked with blood. Crowds of the wounded and not wounded different teams of men with scared faces, from one side were dragging back to Mozhaisk, from the other side — back to Valuyevo. Other crowds, exhausted and hungry, led by chiefs, were going forward. The third were standing in positions and continued shooting.

Over the whole field, before so merrily beautiful, with its sparkles of bayonets and smokes in the morning sun, now was standing the haze of dampness and smoke, and it smelt of weird acid of saltpeter and blood. Gathered clouds, and began drizzling rain on the killed, the wounded, on the frightened and on the exhausted and on the doubting people. As if it were saying, "Enough, enough, people. Stop it…Come to your senses. What are you doing?"

To exhausted, without food and rest, people of this and that sides began equally occurring the doubt in whether they should more annihilate each other, and on all faces was noticeable hesitation, and in each soul alike was rising a question, "Why, for whom am I to kill and be killed? Kill whoever you want, do whatever you want, but I do not want anymore!" This thought by the evening has equally ripened in the soul of everyone. Every minute could all these people be horrified at what they were doing, quit everything and run anywhere.

But although by the end of the battle people were feeling all the horror of their deed, although they would be glad to stop, some incomprehensible mysterious power still continued governing them,

запотелые, в порохе и крови, оставшиеся по одному на три, артиллеристы, хотя и спотыкаясь и задыхаясь от усталости, приносили заряды, заряжали, наводили, прикладывали фитили; и ядра так же быстро и жестоко перелетали с обеих сторон и расплюскивали человеческое тело, и продолжало совершаться то страшное дело, которое совершается не по воле людей, а по воле того, кто руководит людьми и мирами.

Тот, кто посмотрел бы на расстроенные зады русской армии, сказал бы, что французам стоит сделать ещё одно маленькое усилие, и русская армия исчезнет; и тот, кто посмотрел бы на зады французов, сказал бы, что русским стоит сделать ещё одно маленькое усилие, и французы погибнут. Но ни французы, ни русские не делали этого усилия, и пламя сражения медленно догорало.

Русские не делали этого усилия, потому что не они атаковали французов. В начале сражения они только стояли по дороге в Москву, загораживая её, и точно так же они продолжали стоять при конце сражения, как они стояли при начале его. Но ежели бы даже цель русских состояла бы в том, чтобы сбить французов, они не могли сделать это последнее усилие, потому что все войска русских были разбиты, не было ни одной части войск, не пострадавшей в сражении, и русские, оставаясь на своих местах, потеряли *половину* своего войска.

Французам, с воспоминанием всех прежних пятнадцатилетних побед, с уверенностью в непобедимости Наполеона, с сознанием того, что они завладели частью поля сраженья, что они потеряли только одну четверть людей и что у них ещё есть двадцатитысячная нетронутая гвардия, легко было сделать это усилие. Французам, атаковавшим русскую армию с целью сбить её с позиции, должно было сделать это усилие, потому что до тех пор, пока русские, точно так же как и до сражения, загораживали дорогу в Москву, цель французов не была достигнута и все их усилия и потери пропали

and, sweated, in gunpowder and blood, remaining one for three, artillerists, although stumbling and choking from fatigue, were bringing shots, charging, pointing, applying wicks; and cannonballs just as quickly and cruelly were flying from both sides and smashing a human body; and continued to be executed that horrible affair, which is performed not at the will of people, but at the will of that who governs people and worlds.

That who would look at the disturbed backs of Russian army, would say that the French ought to make one more little effort, and Russian army will disappear; and that who would look at the backs of the French would say that the Russians should make one more little effort, and the French would perish. But neither the French nor the Russians were making this effort, and the flame of the battle was slowly burning out.

The Russians were not making this effort because not they attacked the French. At the beginning of the battle, they were just standing on the road to Moscow, blocking it, and the same way they continued standing at the end of the battle, as they had been standing at the beginning of it. But even if the goal of the Russians consisted in that as to knock down the French, they could not make this last effort, because all the troops of the Russians were crashed; there was not a single part of the troops not suffering in the battle, and the Russians staying in their places, lost half of their army.

To the French, with the reminiscence of all the precious fifteen years of victories, with certainty in the invincibility of Napoleon, with the awareness that they had captured part of the field of the battle, that they had lost only one quarter of people and that they still have twenty thousand untouched guard, it was easy to make this effort. The French, having attacked Russian army to push it from its position, should have made this effort, because until the Russians, the same as before the battle, were blocking the road to Moscow, the goal of the French was not achieved and all their efforts and losses

даром. Но французы не сделали этого усилия. Некоторые историки говорят, что Наполеону стоило дать свою нетронутую старую гвардию для того, чтобы сражение было выиграно. Говорить о том, что бы было, если бы Наполеон дал свою гвардию, все равно что говорить о том, что бы было, если б осенью сделалась весна. Этого не могло быть. Не Наполеон не дал своей гвардии, потому что он не захотел этого, но этого нельзя было сделать. Все генералы, офицеры, солдаты французской армии знали, что этого нельзя было сделать, потому что упадший дух войска не позволял этого.

Не один Наполеон испытывал то похожее на сновиденье чувство, что страшный размах руки падает бессильно, но все генералы, все участвовавшие и не участвовавшие солдаты французской армии, после всех опытов прежних сражений (где после вдесятеро меньших усилий неприятель бежал), испытывали одинаковое чувство ужаса перед тем врагом, который, потеряв *половину* войска, стоял так же грозно в конце, как и в начале сражения. Нравственная сила французской, атакующей армии была истощена. Не та победа, которая определяется подхваченными кусками материи на палках, называемых знамёнами, и тем пространством, на котором стояли и стоят войска, — а победа нравственная, та, которая убеждает противника в нравственном превосходстве своего врага и в своем бессилии, была одержана русскими под Бородиным. Французское нашествие, как разъярённый зверь, получивший в своём разбеге смертельную рану, чувствовало свою погибель; но оно не могло остановиться, так же как и не могло не отклониться вдвое слабейшее русское войско. После данного толчка французское войско ещё могло докатиться до Москвы; но там, без новых усилий со стороны русского войска, оно должно было погибнуть, истекая кровью от смертельной, нанесённой при Бородине, раны. Прямым следствием Бородинского сражения было беспричинное бегство Наполеона из Москвы, возвращение по старой Смоленской дороге, погибель пятисоттысячного нашествия

disappeared in vain. But the French did not make this effort. Some historians say that Napoleon should have given his untouched old guard in order for the battle to be won. To speak about what would have been if Napoleon had given his guard is equal to speak about what would have been if in autumn it had become spring. It could not have happened. It was not that Napoleon did not give his guard, because he did not want it, but it was impossible to do. All generals, officers and soldiers if the French army knew that it was impossible to do because the fallen spirit did not let it.

Not one Napoleon was experiencing that similar to the dream feeling that the terrifying sweep of the arm is falling powerlessly, but all generals, all participating and unparticipating soldiers of the French army, after all the experiences of the previous battles (where after ten times less efforts the enemy fled), were experiencing the equal feeling of horror before that enemy, who having lost half the army, was standing as menacing at the end, as at the beginning of the battle. The moral power of the French attacking army was exhausted. Not that victory, which is determined by snatched up pieces of fabric on the sticks, called banners, and that space, on which troops stood and are standing, — but the moral victory, that which convinces the adversary in the moral superiority of his enemy and in his own powerlessness, was gained by the Russians under Borodino. The French invasion, like a furious beast, getting in his run-up a mortal wound, was feeling its perdition; but it could not stop, the same as could not refrain from leaning back the twice-weaker Russian army. After this push, the French army still could roll up to Moscow; but there without new efforts on the side of the Russian army, it had to perish, bleeding from the mortal, given at Borodino, wound. A direct consequence of Borodino battle was a causeless flee of Napoleon from Moscow, return by the old Smolenskaya road, perdition of five hundred thousand invasion and perdition of Napoleon France, on

и погибель наполеоновской Франции, на которую в первый раз под Бородиным была наложена рука сильнейшего духом противника.

which for the first time under Borodino was laid a hand of the most powerful by spirit enemy.

# ЧАСТЬ ТРЕТЬЯ

## XXXII

Для князя Андрея прошло семь дней с того времени, как он очнулся на перевязочном пункте Бородинского поля. Все это время он находился почти в постоянном беспамятстве. Горячечное состояние и воспаление кишок, которые были повреждены, по мнению доктора, ехавшего с раненым, должны были унести его. Но на седьмой день он с удовольствием съел ломоть хлеба с чаем, и доктор заметил, что общий жар уменьшился. Князь Андрей поутру пришел в сознание. Первую ночь после выезда из Москвы было довольно тепло, и князь Андрей был оставлен для ночлега в коляске; но в Мытищах раненый сам потребовал, чтобы его вынесли и чтобы ему дали чаю. Боль, причинённая ему переноской в избу, заставила князя Андрея громко стонать и потерять опять сознание. Когда его уложили на походной кровати, он долго лежал с закрытыми глазами без движения. Потом он открыл их и тихо прошептал: "Что же чаю?" Памятливость эта к мелким подробностям жизни поразила доктора. Он пощупал пульс и, к удивлению и неудовольствию своему, заметил, что пульс был лучше. К неудовольствию своему это заметил доктор потому, что он по опыту своему был убеждён, что жить князь Андрей не может и что ежели он не умрёт теперь, то он только с большими страданиями умрёт несколько времени после. С князем Андреем везли присоединившегося к ним в Москве майора его полка Тимохина с красным

# PART THREE

## XXXII

For Prince Andrey passed seven days since that time when he came to at the dressing station of Borodinskoye field. All this time he was almost in constant unconsciousness. Delirious state and inflammation of intestines, which were damaged, in the opinion of the doctor, riding with the wounded, should have taken him. But on the seventh day, he with pleasure ate a piece of bread with tea, and the doctor noticed that the general fever decreased. Prince Andrey in the morning regained consciousness. The first night after departure from Moscow, it was rather warm, and Prince Andrey was left for nights lodging in a carriage; but in Mytishchi, the wounded himself demanded for him to be carried out and for him to be given tea. The pain, caused to him by the carrying to the hut, made Prince Andrey loudly groan and lose again consciousness. When he was laid on the camp bed, he was long lying with closed eyes without movement. Then he opened them and quietly whispered, "What about tea?" This retentive memory to the small events of life amazed the doctor. He felt the pulse, and to surprise and displeasure of his noticed that the pulse was better. To the displeasure of his this noticed the doctor because he by his own experience was sure that live Prince Andrey cannot and that if he does not die now, then he will only with bigger suffering die sometime after. With Prince Andrey was carried the joining them in Moscow major of his own regiment Timokhin with a red little nose, wounded in the leg

носиком, раненного в ногу в том же Бородинском сражении. При них ехал доктор, камердинер князя, его кучер и два денщика.

Князю Андрею дали чаю. Он жадно пил, лихорадочными глазами глядя вперёд себя на дверь, как бы стараясь что-то понять и припомнить.

— Не хочу больше. Тимохин тут? — спросил он. Тимохин подполз к нему по лавке.

— Я здесь, ваше сиятельство.

— Как рана?

— Моя-то-с? Ничего. Вот вы-то? — Князь Андрей опять задумался, как будто припоминая что-то.

— Нельзя ли достать книгу? — сказал он.

— Какую книгу?

— Евангелие! У меня нет.

Доктор обещался достать и стал расспрашивать князя о том, что он чувствует. Князь Андрей неохотно, но разумно отвечал на все вопросы доктора и потом сказал, что ему надо бы подложить валик, а то неловко и очень больно. Доктор и камердинер подняли шинель, которою он был накрыт, и, морщась от тяжкого запаха гнилого мяса, распространявшегося от раны, стали рассматривать это страшное место. Доктор чем-то очень остался недоволен, что-то иначе переделал, перевернул раненого так, что тот опять застонал и от боли во время поворачивания опять потерял сознание и стал бредить. Он все говорил о том, чтобы ему достали поскорее эту книгу и подложили бы её туда.

— И что это вам стоит! — говорил он. — У меня её нет, — достаньте, пожалуйста, подложите на минуточку, — говорил он жалким голосом.

Доктор вышел в сени, чтобы умыть руки.

— Ах, бессовестные, право, — говорил доктор камердинеру, лившему ему воду на руки. — Только на минуту не досмотрел.

in the same Borodinskoye battle. At them rode a doctor, a valet of the Prince, his coachman and two batmen.

Prince Andrey was given tea. He was greedily drinking, with feverish eyes looking in front of him at the door, as if trying to understand or remember.

— Do not want more. Is Timokhin here? — asked he. Timokhin crawled to him along the bench.

— I am here, you grace.

— How is the wound?

— Mine? Nothing. And you are? — Prince Andrey again mused as if remembering something.

— Is it impossible to get a book? — said he.

— Which book?

— The gospel! I have no.

The doctor promised to get and started asking the Prince about what he was feeling. Prince Andrey unwillingly, but reasonably answered all the questions of the doctor, and then said that he would need a roller, otherwise it is awkward and very painful. The doctor and the valet lifted the greatcoat, with which he was covered, and squinting from the heavy odour of rotting meat, spreading from the wound, started examining this horrible area. The doctor by something remained very displeased, something redid differently, turned over the wounded in such a way that he again groaned and from the pain during the turning over again lost consciousness and began raving. He kept saying that to him they would get sooner this book and would put it there.

— And what does it cost you! — was saying he. — I do not have it, — get, please, put for a minute, — was saying he in a pitiful voice.

The doctor went out into the inner porch to wash the hands.

— Ah, unscrupulous, right, — was saying the doctor to the valet, / who was/ pouring him water on the hands. — Only for a minute I did

Ведь вы его прямо на рану положили. Ведь это такая боль, что я удивляюсь, как он терпит.

— Мы, кажется, подложили, господи Иисусе Христе, — говорил камердинер.

В первый раз князь Андрей понял, где он был и что с ним было, и вспомнил то, что он был ранен и как в ту минуту, когда коляска остановилась в Мытищах, он попросился в избу. Спутавшись опять от боли, он опомнился другой раз в избе, когда пил чай, и тут опять, повторив в своём воспоминании все, что с ним было, он живее всего представил себе ту минуту на перевязочном пункте, когда, при виде страданий нелюбимого им человека, ему пришли эти новые, сулившие ему счастие мысли. И мысли эти, хотя и неясно и неопределённо, теперь опять овладели его душой. Он вспомнил, что у него было теперь новое счастье и что это счастье имело что-то такое общее с Евангелием. Потому-то он попросил Евангелие. Но дурное положение, которое дали его ране, новое переворачиванье опять смешали его мысли, и он в третий раз очнулся к жизни уже в совершенной тишине ночи. Все спали вокруг него. Сверчок кричал через сени, на улице кто-то кричал и пел, тараканы шелестели по столу и образам, и осенняя толстая муха билась у него по изголовью и около сальной свечи, нагоревшей большим грибом и стоявшей подле него.

Душа его была не в нормальном состоянии. Здоровый человек обыкновенно мыслит, ощущает и вспоминает одновременно о бесчисленном количестве предметов, но имеет власть и силу, избрав один ряд мыслей или явлений, на этом ряде явлений остановить все своё внимание. Здоровый человек в минуту глубочайшего размышления отрывается, чтобы сказать учтивое слово вошедшему человеку, и опять возвращается к своим мыслям. Душа же князя Андрея была не в нормальном состоянии в этом отношении. Все силы его

not see. You have put him straight on the wound. This is such a pain
that I am surprised how he endures.

— We, it seems, have put under, Lord Jesus Christ, — was saying
the valet.

The first time Prince Andrey understood where he was and what was
with him, and remembered that he was wounded and that at that minute
when the carriage stopped in Mytishchi, he asked into the hut. Confused
again from pain, he came to another time in the hut, when he was drinking tea, and here again, having repeated in his reminiscence everything
that had happened with him, he, livelier than everything, imagined himself that minute at the dressing station when at the sight of suffering of
the unloved by him person, to him came these new, promising him happiness thoughts. And these thoughts, although unclear and undetermined,
now again possessed his soul. He remembered that for him now there
was new happiness and that this happiness had something so common
with the Gospel. That is why he asked for the Gospel. But the bad position that was given to his wound, the new turning over, again mixed his
thoughts, and he for the third time came to life already in utter darkness
of the night. Everyone was sleeping around him. A cricket was scream-
ing through the inner porch, in the street someone was shouting and singing, cockroaches were rustling on the table and icons, and the autumn fat
fly was beating at his bedhead and near the greased candle, snuffed as a
big mushroom and standing next to him.

His soul was not in a normal state. A healthy person usually thinks, feels and remembers simultaneously about countless
amount of objects, but has power and strength, having selected
one line of thoughts or phenomena, on this line of phenomena to
stop all his attention. A healthy person at a minute of the deepest
musing tears away to say a courteous word to the entered man,
and again returns to his thoughts. The soul of Prince Andrey was
not in the normal state in this relation. All powers of his soul were

души были деятельнее, яснее, чем когда-нибудь, но они действовали вне его воли. Самые разнообразные мысли и представления одновременно владели им. Иногда мысль его вдруг начинала работать, и с такой силой, ясностью и глубиною, с какою никогда она не была в силах действовать в здоровом состоянии; но вдруг, посредине своей работы, она обрывалась, заменялась каким-нибудь неожиданным представлением, и не было сил возвратиться к ней.

"Да, мне открылось новое счастье, неотъемлемое от человека, — думал он, лёжа в полутёмной тихой избе и глядя вперёд лихорадочно-раскрытыми, остановившимися глазами. Счастье, находящееся вне материальных сил, вне материальных внешних влияний на человека, счастье одной души, счастье любви! Понять его может всякий человек, но сознать и предписать его мог только один бог. Но как же бог предписал этот закон? Почему сын?.. И вдруг ход мыслей этих оборвался, и князь Андрей услыхал (не зная, в бреду или в действительности он слышит это), услыхал какой-то тихий, шепчущий голос, неумолкаемо в такт твердивший: „И пити-пити-питии" потом „и ти-тии" опять „и пити-пити-питии" опять „и ти-ти". Вместе с этим, под звук этой шепчущей музыки, князь Андрей чувствовал, что над лицом его, над самой серединой воздвигалось какое-то странное воздушное здание из тонких иголок или лучинок. Он чувствовал (хотя это и тяжело ему было), что ему надо было старательно держать равновесие, для того чтобы воздвигавшееся здание это не завалилось; но оно всё-таки заваливалось и опять медленно воздвигалось при звуках равномерно шепчущей музыки. „Тянется! тянется! растягивается и всё тянется", — говорил себе князь Андрей. Вместе с прислушаньем к шёпоту и с ощущением этого тянущегося и воздвигающегося здания из иголок князь Андрей видел урывками и красный, окружённый кругом свет свечки и слышал шуршанье тараканов и шуршанье мухи, бившейся на подушку и на лицо его. И вся-

more active, clearer than ever, but they acted beyond his will. The most various thoughts and images simultaneously possessed him. Sometimes a thought of his suddenly started working, and with such power, clarity and depth, with which it had never had the strength to act in a healthy state; but suddenly in the middle of its work, it snapped, changed by some sudden image, and there were no powers to return to it.

"Yes, to me was opened a new happiness, indivisible from a person," — thought he, lying in a half-dark quiet hut and looking forward with feverishly opened, stopped eyes. Happiness situated beyond material powers, beyond material outer influences on a person, happiness of one soul, happiness of love! Any person can understand it, but realize and prescribe it could only one God. But how did God prescribe this law? Why a son? ... And suddenly the track of these thoughts snapped and Prince Andrey heard (not knowing in delirium or in reality he is hearing it), heard some quiet whispering voice, and in rhythm saying, — "And piti-piti-pitii" then "and ti-tii" again "and piti-piti-pitii" again "And ti ti". Together with this, according to the sound of this whispering music, Prince Andrey felt that over the face of his, over the very middle was being erected some strange airy building from thin needles or candle lighters. He was feeling (although it was difficult to him) that he needed diligently to keep the balance, so that this erected building did not fall; but it was still falling and again slowly was erected to the sounds of evenly whispering music. "Stretching! Stretching! Stretching out and still stretching," — was telling himself Prince Andrey. Together with listening to the whisper and the sensation of this stretching and erected building from the needles, Prince Andrey saw in snatches both red surrounded by a circle light of the candle, and heard the rustling of cockroaches and the rustling of a fly beating against the cushion and on the face of his. And every time as the fly was touch-

кий раз, как муха прикасалась к его лицу, она производила жгучее ощущение; но вместе с тем его удивляло то, что, ударяясь в самую область воздвигавшегося на лице его здания, муха не разрушала его. Но, кроме этого, было ещё одно важное. Это было белое у двери, это была статуя сфинкса, которая тоже давила его.

"Но, может быть, это моя рубашка на столе, — думал князь Андрей, — а это мои ноги, а это дверь; но отчего же все тянется и выдвигается и пити-пити-пити и ти-ти — и пити-пити-пити... — Довольно, перестань, пожалуйста, оставь, — тяжело просил кого-то князь Андрей. И вдруг опять выплывала мысль и чувство с необыкновенной ясностью и силой.

"Да, любовь, — думал он опять с совершенной ясностью), но не та любовь, которая любит за что-нибудь, для чего-нибудь или по-чему-нибудь, но та любовь, которую я испытал в первый раз, когда, умирая, я увидал своего врага и всё-таки полюбил его. Я испытал то чувство любви, которая есть самая сущность души и для которой не нужно предмета. Я и теперь испытываю это блаженное чувство. Любить ближних, любить врагов своих. Все любить — любить бога во всех проявлениях. Любить человека дорогого можно чело-веческой любовью; но только врага можно любить любовью боже-ской. И от этого-то я испытал такую радость, когда я почувствовал, что люблю того человека. Что с ним? Жив ли он... Любя человече-ской любовью, можно от любви перейти к ненависти; но божеская любовь не может измениться. Ничто, ни смерть, ничто не может разрушить её. Она есть сущность души. А сколь многих людей я не-навидел в своей жизни. И из всех людей никого больше не любил я и не ненавидел, как её". И он живо представил себе Наташу не так, как он представлял себе её прежде, с одною её прелестью, радост-ной для себя; но в первый раз представил себе её душу. И он понял её чувство, её страданья, стыд, раскаянье. Он теперь в первый раз понял всю жестокость своего отказа, видел жестокость своего раз-

ing his face, it produced burning sensation; but together with that he was surprised that hitting the very area of the building erected on his face, the fly did not destroy it. But apart from this, there was one more important. It was white by the door; it was the statue of a sphinx, which was also pressing him.

" But maybe it is my shirt on the table, — was thinking Prince Andrey, — and these are my legs, and this is the door; but why is it still stretching and moving forward and piti-piti-piti and ti-ti — and piti-piti-piti... — Enough, stop, please, leave it, — heavily was asking somebody Prince Andrey. And suddenly again surfaced the thought and the feeling with unusual clarity and power.

"Yes, love, — was thinking he again with utter clarity, but not that love, which loves for something, for the sake of something, or because of something, but that love, which I was experiencing the first time, when, dying, I saw my enemy and still loved him. I experienced that feeling of love, which is the very essence of soul and for which is not needed the object. And now I am experiencing this blissful feeling. To love the nearest, to love the enemies of yours. To love everything — to love God in all its manifestations. To love a person dear one can with human love; but only an enemy can be loved with love divine. And from this, I experienced such joy, when I felt that I love that person. What is with him? Is he alive ... Loving with human love, can from love pass to hatred; but divine love cannot change. Nothing, not death, nothing can destroy it. It is the essence of soul. And how many people I hated in my life. And out of all people nobody more I loved and hated than her." And he vividly imagined to himself Natasha not like he had imagined her before, with only her loveliness, cheerful for himself; but for the first time imagined to himself her soul. And he understood her feeling, her sufferings, shame, repentance. He now for the first time understood the whole cruelty of his decline; saw the cruelty of his breaking with her. "If for

рыва с нею. "Ежели бы мне было возможно только ещё один раз увидать её. Один раз, глядя в эти глаза, сказать…"

И пити-пити-пити и ти-ти, и пити-пити — бум, ударилась муха… И внимание его вдруг перенеслось в другой мир действительности и бреда, в котором что-то происходило особенное. Все так же в этом мире все воздвигалось, не разрушаясь, здание, все так же тянулось что-то, так же с красным кругом горела свечка, та же рубашка-сфинкс лежала у двери; но, кроме всего этого, что-то скрипнуло, пахнуло свежим ветром, и новый белый сфинкс, стоячий, явился пред дверью. И в голове этого сфинкса было бледное лицо и блестящие глаза той самой Наташи, о которой он сейчас думал.

"О, как тяжёл этот непрестающий бред!" — подумал князь Андрей, стараясь изгнать это лицо из своего воображения. Но лицо это стояло пред ним с силою действительности, и лицо это приближалось. Князь Андрей хотел вернуться к прежнему миру чистой мысли, но он не мог, и бред втягивал его в свою область. Тихий шепчущий голос продолжал свой мерный лепет, что-то давило, тянулось, и странное лицо стояло перед ним. Князь Андрей собрал все свои силы, чтобы опомниться; он пошевелился, и вдруг в ушах его зазвенело, в глазах помутилось, и он, как человек, окунувшийся в воду, потерял сознание. Когда он очнулся, Наташа, та самая живая Наташа, которую изо всех людей в мире ему более всего хотелось любить той новой, чистой божеской любовью, которая была теперь открыта ему, стояла перед ним на коленях. Он понял, что это была живая, настоящая Наташа, и не удивился, но тихо обрадовался. Наташа, стоя на коленях, испуганно, но прикованно (она не могла двинуться) глядела на него, удерживая рыдания. Лицо её было бледно и неподвижно. Только в нижней части его трепетало что-то.

Князь Андрей облегчительно вздохнул, улыбнулся и протянул руку.

me it were possible only one more time to see her. One time looking into these eyes, to say…"

And piti-piti-piti and ti-ti and piti-piti — bang, beat the fly… And the attention of his suddenly transferred to another world of reality and delirium, in which something was happening special. Still the same in this world was still being erected, not collapsing, the building, was still stretching something, the same with a red circle was burning the candle, the same shirt-sphinx was lying by the door; but apart from all this, something creaked, a gust of fresh wind, and a new white sphinx, standing, appeared before the door. And at the head of this sphinx was a pale face and shining eyes of that very Natasha, about which he now was thinking.

"Oh, how hard this unstopping delirium is!" — thought Prince Andrey, trying to outcast this face from his imagination. But this face was standing before him with the power of reality, and this face was approaching. Prince Andrey wanted to return to the previous world of pure thought, but he could not, and delirium was dragging him into its area. A quiet whispering voice continued its even babbling, something was pressing, stretching, and a strange face was standing before him. Prince Andrey gathered all his powers to come to; he moved, and suddenly in his ears was a ringing, in his eyes blurred, and he, like a man plunging in water, lost consciousness. When he came to, Natasha, that very Natasha whom out of all the people in the world he most of all wanted to love with that new pure divine love, which was now opened to him, was standing before him on the knees. He understood that it was a live real Natasha, and was not surprised but quietly rejoiced. Natasha, standing on the knees, frightenedly but fixedly (she could not move) was looking at him, holding back sobs. Her face was pale and immobile. Only in its low part was fluttering something.

Prince Andrey with relief sighed, smiled and stretched out his arm.

— Вы? — сказал он. — Как счастливо!

Наташа быстрым, но осторожным движением подвинулась к нему на коленях и, взяв осторожно его руку, нагнулась над ней лицом и стала целовать её, чуть дотрогиваясь губами.

— Простите! — сказала она шёпотом, подняв голову и взглядывая на него. — Простите меня!

— Я вас люблю, — сказал князь Андрей.

— Простите…

— Что простить? — спросил князь Андрей.

— Простите меня за то, что я сделала, — чуть слышным, прерывным шёпотом проговорила Наташа и чаще стала, чуть дотрогиваясь губами, целовать руку.

— Я люблю тебя больше, лучше, чем прежде, — сказал князь Андрей, поднимая рукой её лицо так, чтобы он мог глядеть в её глаза.

Глаза эти, налитые счастливыми слезами, робко, сострадательно и радостно-любовно смотрели на него. Худое и бледное лицо Наташи с распухшими губами было более чем некрасиво, оно было страшно. Но князь Андрей не видел этого лица, он видел сияющие глаза, которые были прекрасны. Сзади их послышался говор.

Пётр-камердинер, теперь совсем очнувшийся от сна, разбудил доктора. Тимохин, не спавший все время от боли в ноге, давно уже видел все, что делалось, и, старательно закрывая простынёй своё неодетое тело, ёжился на лавке.

— Это что такое? — сказал доктор, приподнявшись с своего ложа. — Извольте идти, сударыня.

В это же время в дверь стучалась девушка, посланная графиней, хватившейся дочери.

Как сомнамбулка, которую разбудили в середине её сна, Наташа вышла из комнаты и, вернувшись в свою избу, рыдая упала на свою постель.

— You? — said he. — How happily!

Natasha with a fast but careful movement moved to his on the knees and, taking carefully his hand, bent down over it with her face and started kissing it, barely touching with lips.

— Forgive! — Said she in a whisper, raising the head and glancing at him. — Forgive me!

— I love you, — said Prince Andrey.

— Forgive…

— What to forgive? — Asked Prince Andrey.

— Forgive me for what I did, — in a barely heard, interrupting whisper said Natasha and more frequently began, hardly touching the lips, kissing the hand.

— I love you more, better than before, — said Prince Andrey, lifting with a hand her face so that he could look into her eyes.

These eyes, welled up with happy tears, timidly, compassionately and merrily lovingly were looking and him. The thin and pale face of Natasha with swollen lips was more than unlovely, it was ugly. But Prince Andrey did not see this face; he was seeing the shining eyes, which were beautiful. Behind them was heard talking.

Petr-the valet, now completely awaken from sleep, woke up the doctor. Timokhin, not sleeping all the time from the pain in the leg, long ago was seeing everything that was going on, diligently covering with a sheet his undressed body, was shivering on the bench.

— What is this? — Said the doctor, rising from his bed. — Will you go, madam.

At the same time on the door knocked a girl, sent by the Countess, having lost her daughter.

Like a somnambulist, who was woken up in the middle of her dream, Natasha came out of the room, and, returning to her hut, sobbing fell onto her bed.

С этого дня, во время всего дальнейшего путешествия Ростовых, на всех отдыхах и ночлегах, Наташа не отходила от раненого
Болконского, и доктор должен был признаться, что он не ожидал
от девицы ни такой твёрдости, ни такого искусства ходить за раненым.

Как ни страшна казалась для графини мысль, что князь Андрей мог (весьма вероятно, по словам доктора) умереть во время дороги на руках её дочери, она не могла противиться Наташе. Хотя вследствие теперь установившегося сближения между
раненым князем Андреем и Наташей приходило в голову, что в
случае выздоровления прежние отношения жениха и невесты бу-
дут возобновлены, никто, ещё менее Наташа и князь Андрей, не
говорил об этом: нерешённый, висящий вопрос жизни или смерти
не только над Болконским, но над Россией заслонял все другие
предположения.

From this day, during the whole further journey of the Rostovs, at all the rests and night lodgings Natasha did not go away from the wounded Bolkonskiy, and the doctor had to admit that he did not expect from a girl either such firmness or such skill of attending to the wounded.

However scary to the Countess seemed the thought that Prince Andrey could (quite likely according to the words of the doctor) die during the way on the arms of her daughter, she could not contradict Natasha. Although in consequence of the established closeness between the wounded Prince Andrey and Natasha, it came to the head that, in case of recovery, the previous relationship of the groom and the bride will be restored, no one, even less Natasha and Prince Andrey, spoke about it: unsolved, hanging question of life and death not only over Bolkonskiy, but over Russia was blocking all other assumptions.

# ЧАСТЬ ПЕРВАЯ

## XVI

Князь Андрей не только знал, что он умрёт, но он чувствовал, что он умирает, что он уже умер наполовину. Он испытывал сознание отчуждённости от всего земного и радостной и странной лёгкости бытия. Он, не торопясь и не тревожась, ожидал того, что предстояло ему. То грозное, вечное, неведомое и далёкое, присутствие которого он не переставал ощущать в продолжение всей своей жизни, теперь для него было близкое и — по той странной лёгкости бытия, которую он испытывал, — почти понятное и ощущаемое.

Прежде он боялся конца. Он два раза испытал это страшное мучительное чувство страха смерти, конца, и теперь уже не понимал его.

Первый раз он испытал это чувство тогда, когда граната волчком вертелась перед ним и он смотрел на жнивьё, на кусты, на небо и знал, что перед ним была смерть. Когда он очнулся после раны и в душе его, мгновенно, как бы освобождённый от удерживавшего его гнёта жизни, распустился этот цветок любви, вечной, свободной, не зависящей от этой жизни, он уже не боялся смерти

# VOLUME 4

# PART ONE

## XVI

Prince Andrey not only knew that he would die, but he felt that he was dying, that he had already died in half. He experienced the awareness of estrangement from everything earthly and a joyous and weird lightness of being. He, not hurrying and not worrying, was waiting for what was lay ahead of him. That menacing, eternal, unknown and distant, the presence of which he did not stop sensing during all his life, now for him was close and — by that weird lightness of being, which he was experiencing — almost understandable and perceptible.

Earlier he was afraid of the end. He twice experienced that scary excruciating feeling of fear of death, the end, and now already did not understand it.

For the first time he experienced this feeling when the grenade as a top was whirling in front of him and he was looking at the stubble, at the bushes, at the sky, and knew that before him was death. When he came to after the wound and in the soul of his, instantly, as if freed from the holding it oppression of life, blossomed this flower of love, eternal, free, not depending on this life, he already did not fear death and did

и не думал о ней.

Чем больше он, в те часы страдальческого уединения и полу-бреда, которые он провёл после своей раны, вдумывался в новое, открытое ему начало вечной любви, тем более он, сам не чувствуя того, отрекался от земной жизни. Всё, всех любить, всегда жертво-вать собой для любви, значило никого не любить, значило не жить этою земною жизнию. И чем больше он проникался этим началом любви, тем больше он отрекался от жизни и тем совершеннее уничто-жал ту страшную преграду, которая без любви стоит между жиз-нью и смертью. Когда он, это первое время, вспоминал о том, что ему надо было умереть, он говорил себе: ну что ж, тем лучше.

Но после той ночи в Мытищах, когда в полубреду перед ним явилась та, которую он желал, и когда он, прижав к своим губам её руку, заплакал тихими, радостными слезами, любовь к одной женщине незаметно закралась в его сердце и опять привязала его к жизни. И радостные и тревожные мысли стали приходить ему. Вспоминая ту минуту на перевязочном пункте, когда он увидал Курагина, он теперь не мог возвратиться к тому чувству: его му-чил вопрос о том, жив ли он? И он не смел спросить этого.

Болезнь его шла своим физическим порядком, но то, что Ната-ша называла: *это сделалось с ним,* случилось с ним два дня перед приездом княжны Марьи. Это была та последняя нравственная борьба между жизнью и смертью, в которой смерть одержала по-беду. Это было неожиданное сознание того, что он ещё дорожил жизнью, представлявшейся ему в любви к Наташе, и последний, покорённый припадок ужаса перед неведомым.

Это было вечером. Он был, как обыкновенно после обеда, в лёгком лихорадочном состоянии, и мысли его были чрезвычайно ясны. Соня сидела у стола. Он задремал. Вдруг ощущение счастья охватило его.

not think about it.

The more he, in those hours of suffering seclusion and half-delirium which he spent after his wound, was thinking into the new, opened to him beginning of eternal love, the more he, himself not feeling that, was renouncing the earthly life. To love everything, everybody, always to sacrifice oneself for love, meant to love nobody, meant not to live this earthly life. And the more he was imbued with this beginning of love, the more he was renouncing life and the more perfectly was destroying that horrible barrier, which without love is standing between life and death. When he, this first time, remembered that he had to die, he was telling himself, well, so what, that is better.

But after that night in Mytishchi, when in half-delirium in front of him appeared that whom he desired, and when he, pressing to his lips her hand, cried quiet joyous tears, love to one woman imperceptibly crept into his heart and again tied him to life. And merry and anxious thoughts began coming to him. Recalling that minute at the dressing station when he saw Kuragin, he now could not go back to that feeling; a question tormented him, whether he was alive. And he did not dare ask it.

The illness of his was going its own physical way, but what Natasha called "this happened to him" occurred to him two days before the arrival of Princes Marya. It was that final moral fight between life and death, in which death gained victory. It was unusual awareness that he was still cherishing life, presented to him in the love for Natasha, and the last, conquered fit of terror before the unknown.

It was in the evening. He was, as usual after lunch, in light feverish state, and the thoughts of his were extremely clear. Sonya was sitting by the window. He drowsed. Suddenly a sensation of happiness possessed him.

"А, это она вошла!" — подумал он.

Действительно, на месте Сони сидела только что неслышными шагами вошедшая Наташа.

С тех пор как она стала ходить за ним, он всегда испытывал это физическое ощущение её близости. Она сидела на кресле, боком к нему, заслоняя собой от него свет свечи, и вязала чулок. (Она выучилась вязать чулки с тех пор, как раз князь Андрей сказал ей, что никто так не умеет ходить за больными, как старые няни, которые вяжут чулки, и что в вязании чулка есть что-то успокоительное.) Тонкие пальцы её быстро перебирали изредка сталкивающиеся спицы, и задумчивый профиль её опущенного лица был ясно виден ему. Она сделала движенье — клубок скатился с её колен. Она вздрогнула, оглянулась на него и, заслоняя свечу рукой, осторожным, гибким и точным движением изогнулась, подняла клубок и села в прежнее положение.

Он смотрел на неё, не шевелясь, и видел, что ей нужно было после своего движения вздохнуть во всю грудь, но она не решалась этого сделать и осторожно переводила дыханье.

В Троицкой лавре они говорили о прошедшем, и он сказал ей, что, ежели бы он был жив, он бы благодарил вечно бога за свою рану, которая свела его опять с нею; но с тех пор они никогда не говорили о будущем.

"Могло или не могло это быть? — думал он теперь, глядя на неё и прислушиваясь к легкому стальному звуку спиц. — Неужели только затем так странно свела меня с нею судьба, чтобы мне умереть?.. Неужели мне открылась истина жизни только для того, чтобы я жил во лжи? Я люблю её больше всего в мире. Но что же делать мне, ежели я люблю её?" — сказал он, и он вдруг невольно застонал, по привычке, которую он приобрёл во время своих страданий.

Услыхав этот звук, Наташа положила чулок, перегнулась бли-

"Ah, this is she coming in," — thought he.

Indeed, in the place of Sonya, was sitting, having just entered with unheard steps, Natasha.

Since the time she began attending for him, he always felt this physical sensation of her closeness. She was sitting in the armchair, with her side to him, blocking by herself from him the light of the candle and was knitting a stocking. (She learnt to knit stockings since that time when once Prince Andrey told her that no one can so attend to the sick as old nannies who knit stockings and that in knitting of a stocking there is something calming.) Slender fingers of her were quickly sorting rarely colliding needles, and pensive profile of her lowered face was clearly seen to him. She made a movement — a ball rolled off her knees. She started, glanced back at him, and, blocking the candle with the hand, with a careful, flexible and precise movement bent, picked up the ball and sat in the former position.

He was looking at her, not stirring, and saw that she needed after her movement to inhale the whole chest, but she did not dare do this and was carefully catching breath.

In Trinity Lavra, they talked about the past, and he told her that, if he were alive, he would thank eternally God for his wound, which brought together him again with her; but since that time, they never spoke about future.

"Could or could not it be?" — was thinking he now, looking at her and listening to the light steel sound of the needles. —"Is it possible that only for this so weirdly brought together me with her fate that I die? ... Is it possible that to me revealed the truth of life only for that so I lived in a lie? I love her more than everything in the world. But what is to do for me, if I love her?" — said he, and he suddenly involuntary groaned, by a habit, which he acquired during the time of his sufferings.

Hearing this sound, Natasha put down the stocking, leant over

же к нему и вдруг, заметив его светящиеся глаза, подошла к нему лёгким шагом и нагнулась.

— Вы не спите?

— Нет, я давно смотрю на вас; я почувствовал, когда вы вошли. Никто, как вы, не даёт мне той мягкой тишины... того света. Мне так и хочется плакать от радости.

Наташа ближе придвинулась к нему. Лицо её сияло восторженною радостью.

— Наташа, я слишком люблю вас. Больше всего на свете.

— А я? — Она отвернулась на мгновение. — Отчего же слишком? — сказала она.

— Отчего слишком?.. Ну, как вы думаете, как вы чувствуете по душе, по всей душе, буду я жив? Как вам кажется?

— Я уверена, я уверена! — почти вскрикнула Наташа, страстным движением взяв его за обе руки.

Он помолчал.

— Как бы хорошо! — И, взяв её руку, он поцеловал её.

Наташа была счастлива и взволнована; и тотчас же она вспомнила, что этого нельзя, что ему нужно спокойствие.

— Однако вы не спали, — сказала она, подавляя свою радость. — Постарайтесь заснуть... пожалуйста.

Он выпустил, пожав её, её руку, она перешла к свече и опять села в прежнее положение. Два раза она оглянулась на него, глаза его светились ей навстречу. Она задала себе урок на чулке и сказала себе, что до тех пор она не оглянется, пока не кончит его.

Действительно, скоро после этого он закрыл глаза и заснул. Он спал недолго и вдруг в холодном поту тревожно проснулся.

Засыпая, он думал все о том же, о чем он думал все это время, — о жизни и смерти. И больше о смерти. Он чувствовал себя ближе к ней.

closer to him and suddenly, having noticed his shining eyes, came up to him with a light step and bent down.

— Aren't you sleeping?

— No, but I for long have been looking at you; I felt when you came in. Nobody like you is giving me that soft silence... that light. I so want to cry from joy.

Natasha closer moved to him. The face of hers was shining with exhilarated joy.

— Natasha, I love you too much. More than anything in the world.

— And I? — She turned away for a moment. — Why too much? — said she.

— Why too much? ... Well, how do you think, how do you feel in your sole, in your whole soul, will I be alive? How does it seem to you?

— I am sure, I am sure! — Almost exclaimed Natasha, with a passionate movement having taken him by both hands.

He kept silent.

— How would it be good! — And, taking her by the hand, he kissed it.

Natasha was happy and excited; and immediately she remembered that it must not be, that he needs calm.

— However, you did not sleep, — said she, suppressing her joy. — Try to fall asleep... please.

He released, pressing it, her hand, she went over to the candle and again sat in the former position. Two times, she glanced back at him; the eyes of his were shining towards her. She gave herself a lesson on the stocking and told herself that by that time she will not look back until she finishes it.

Indeed, soon after this he closed the eyes and fell asleep. He slept not long and suddenly in cold sweat anxiously woke up.

Falling asleep, he was thinking still about the same, about which he thought all this time, — about life and death. And more about death. He felt himself closer to it.

"Любовь? Что такое любовь? — думал он. — Любовь мешает смерти. Любовь есть жизнь. Все, все, что я понимаю, я понимаю только потому, что люблю. Все есть, все существует только потому, что я люблю. Все связано одною ею. Любовь есть бог, и умереть — значит мне, частице любви, вернуться к общему и вечному источнику". Мысли эти показались ему утешительны. Но это были только мысли. Чего-то недоставало в них, что-то было односторонне личное, умственное — не было очевидности. И было то же беспокойство и неясность. Он заснул.

Он видел во сне, что он лежит в той же комнате, в которой он лежал в действительности, но что он не ранен, а здоров. Много разных лиц, ничтожных, равнодушных, являются перед князем Андреем. Он говорит с ними, спорит о чём-то ненужном. Они сбираются ехать куда-то. Князь Андрей смутно припоминает, что все это ничтожно и что у него есть другие, важнейшие заботы, но продолжает говорить, удивляя их, какие-то пустые, остроумные слова. Понемногу, незаметно все эти лица начинают исчезать, и все заменяется одним вопросом о затворённой двери. Он встаёт и идёт к двери, чтобы задвинуть задвижку и запереть её. Оттого, что он успеет или не успеет запереть её, зависит *все*. Он идет, спешит, ноги его не двигаются, и он знает, что не успеет запереть дверь, но всё-таки болезненно напрягает все свои силы. И мучительный страх охватывает его. И этот страх есть страх смерти: за дверью стоит *оно*. Но в то же время как он бессильно-неловко подползает к двери, это что-то ужасное, с другой стороны уже, надавливая, ломится в неё. Что-то не человеческое — смерть — ломится в дверь, и надо удержать её. Он ухватывается за дверь, напрягает последние усилия — запереть уже нельзя — хоть удержать её; но силы его слабы, неловки, и, надавливаемая ужасным, дверь отворяется и опять затворяется.

Ещё раз оно надавило оттуда. Последние, сверхъестественные

"Love? What is love?" — thought he. —"Love hinders death. Love is life. Everything, everything that I understand, I understand only because I love. Everything is, everything exists only because I love. Everything is linked by single it. Love is God, and to die means for me, a particle of love, to return to the common and eternal source." These thoughts seemed to him consoling. But these were only thoughts. Something was missing in them, something was one-sided personal, mental — there was no obviousness. And was the same anxiousness and obscurity. He fell asleep.

He saw in his dream that he is lying in the same room, in which he was lying in reality, but that he is now not wounded, but healthy. Many different faces, insignificant, indifferent, appear before Prince Andrey. He is talking to them, arguing about something unnecessary. They are going to ride somewhere. Prince Andrey vaguely remembers that it is all insignificant and that he has other, most important worries, but continues talking, surprising them, some empty witty words. Little by little, imperceptibly, all these faces start disappearing, and everything is substituted by one question of a locked door. He stands up and goes to the door to move the latch and lock the door. From whether he is on time or is not on time to lock it, depends *everything*. He is going, is hurrying, the legs of his are not moving, and he knows that he is not in time to lock the door, but is still painfully straining all his powers. And excruciating fear possesses him. And this fear is fear of death: behind the door is standing *it*. But at the same time as he is powerlessly-awkwardly crawling to the door, this something terrible, from the other side, already pressing is breaking into it. Something non-human — death — is breaking into the door, and he needs to hold it back. He grasps the door, strains the last efforts — to lock is already impossible — at least to hold it; but the powers of his are weak, awkward and, pressed by the terrible, the door opens and again closes.

One more time it pressed from there. The last supernatural efforts

усилия тщетны, и обе половинки отворились беззвучно. *Оно* вошло, и оно есть *смерть*. И князь Андрей **умер**.

Но в то же мгновение, как он **умер**, князь Андрей вспомнил, что он спит, и в то же мгновение, как он **умер**, он, сделав над собою усилие, проснулся.

"Да, это была смерть. Я умер — я проснулся. Да, смерть — пробуждение!" — вдруг просветлело в его душе, и завеса, скрывавшая до сих пор неведомое, была приподнята перед его душевным взором. Он почувствовал как бы освобождение прежде связанной в нем силы и ту странную лёгкость, которая с тех пор не оставляла его.

Когда он, очнувшись в холодном поту, зашевелился на диване, Наташа подошла к нему и спросила, что с ним. Он не ответил ей и, не понимая её, посмотрел на неё странным взглядом.

Это-то было то, что случилось с ним за два дня до приезда княжны Марьи. С этого же дня, как говорил доктор, изнурительная лихорадка приняла дурной характер, но Наташа не интересовалась тем, что говорил доктор: она видела эти страшные, более для неё несомненные, нравственные признаки.

С этого дня началось для князя Андрея вместе с пробуждением от сна — пробуждение от жизни. И относительно продолжительности жизни оно не казалось ему более медленно, чем пробуждение от сна относительно продолжительности сновидения.

Ничего не было страшного и резкого в этом, относительно-медленном, пробуждении.

Последние дни и часы его прошли обыкновенно и просто. И княжна Марья и Наташа, не отходившие от него, чувствовали это. Они не плакали, не содрогались и последнее время, сами чувствуя это, ходили уже не за ним (его уже не было, он ушёл от них), а за самым близким воспоминанием о нем — за его телом.

are futile, and both halves opened soundlessly. *It* entered, and it is *death*. And Prince Andrey died.

But at the same moment as he died, Prince Andrey remembered that he was sleeping, and at the same moment that he died, he, making over himself an effort, woke up.

"Yes, this was death. I died — I woke up. Yes, death — awakening!" — Suddenly cleared up in his soul, and the veil, covering until this time the unknown, was lifted before his spiritual sight. He felt as if the release of previously tied up in him power and that weird lightness, which since that time did not leave him.

When he, coming to in cold sweat, stirred on the sofa, Natasha approached him and asked what was with him. He did not answer her and, not understanding her, glanced at her with a strange look.

This was that, what happened to him two days before the arrival of Princess Marya. Since the same day, as the doctor was saying, exhausting fever took on a bad nature, but Natasha was not interested in what the doctor was saying: she saw those horrible, more to her doubtless, moral signs.

Since that day started for Prince Andrey together with awakening from a dream — awakening from life. And relatively to the length of life, it did not seem to him slower than awakening from a dream relatively to the length of the dream.

Nothing was scary and sudden in this relatively slow awakening.

The last days and hours of his passed usually and simply. And Princess Marya, and Natasha, not coming away from him, felt this. They did not cry, did not shudder and the last time, themselves feeling it, were attending already not to him (there already was not him, he went away from them), but to the closest reminiscence of him — to his

Чувства обеих были так сильны, что на них не действовала внешняя, страшная сторона смерти, и они не находили нужным растравлять своё горе. Они не плакали ни при нем, ни без него, но и никогда не говорили про него между собой. Они чувствовали, что не могли выразить словами того, что они понимали.

Они обе видели, как он глубже и глубже, медленно и спокойно, опускался от них куда-то туда, и обе знали, что это так должно быть и что это хорошо.

Его исповедовали, причастили; все приходили к нему прощаться. Когда ему привели сына, он приложил к нему свои губы и отвернулся, не потому, чтобы ему было тяжело или жалко (княжна Марья и Наташа понимали это), но только потому, что он полагал, что это все, что от него требовали; но когда ему сказали, чтобы он благословил его, он исполнил требуемое и оглянулся, как будто спрашивая, не нужно ли ещё что-нибудь сделать.

Когда происходили последние содрогания тела, оставляемого духом, княжна Марья и Наташа были тут.

— Кончилось?! — сказала княжна Марья, после того как тело его уже несколько минут неподвижно, холодея, лежало перед ними. Наташа подошла, взглянула в мёртвые глаза и поспешила закрыть их. Она закрыла их и не поцеловала их, а приложилась к тому, что было ближайшим воспоминанием о нем.

“Куда он ушёл? Где он теперь?..”

Когда одетое, обмытое тело лежало в гробу на столе, все подходили к нему прощаться, и все плакали.

Николушка плакал от страдальческого недоумения, разрывавшего его сердце. Графиня и Соня плакали от жалости к Наташе и о том, что его нет больше. Старый граф плакал о том, что скоро, он чувствовал, и ему предстояло сделать тот же страшный шаг.

body. The feelings of both were so strong that then did not affect the outer horrible side of death, and they did not find necessary to embitter their grief. They did not cry, neither with him, nor without him, but also never spoke about him between themselves. They felt that could not express by words that, which they understood.

They both saw how he was deeper and deeper, slowly and quietly lowering from them somewhere there; and both knew that it so should be and that it is good.

He confessed, was given communion; everyone was coming to him to say goodbye. When to him brought the son, he pressed to him his lips and turned away, not because to him it was hard or pitiful (Princess Marya and Natasha understood this), but only because he supposed that it was all that was from him required; but when to him it was told to bless him, he executed the request and looked back, as if asking whether there needed something else to be done.

When happened the last convulsions of the body being left by the spirit, Princess Marya and Natasha were here.

— Finished? — Said Princess Marya, after the body of his already several minutes still, chilling, was lying before them. Natasha approached, looked into the dead eyes and hurried to close them. She closed them and did not kiss them, but kissed that which was the nearest reminiscence of him.

"Where has he gone? Where is he now? ..."


When the dressed, washed body was lying in a coffin on the table, everyone was coming to it to say goodbye, and everyone was crying.

Nikolushka was crying from the anguished bewilderment, tearing his heart. The Countess and Sonya were crying from pity to Natasha and that he was no more. The old Count was crying that soon, he felt, he too was to make the same horrible step.

Наташа и княжна Марья плакали тоже теперь, но они плакали не от своего личного горя; они плакали от благоговейного умиления, охватившего их души перед сознанием простого и торжественного таинства смерти, совершившегося перед ними.

Natasha and Princess Marya were crying too now, but they were crying not from their own grief; they were crying from the awed tenderness, capturing their souls in front of the awareness of a simple and solemn mystery of death, occurring before them.

# ЧАСТЬ ЧЕТВЁРТАЯ

## V

В 12-м и 13-м годах Кутузова прямо обвиняли за ошибки. Государь был недоволен им. И в истории, написанной недавно по высочайшему повелению, сказано, что Кутузов был хитрый придворный лжец, боявшийся имени Наполеона и своими ошибками под Красным и под Березиной лишивший русские войска славы — полной победы над французами. [История 1812 года Богдановича: характеристика Кутузова и рассуждение о неудовлетворительности результатов Красненских сражений. *(Примеч. Л.Н. Толстого.)* ]

Такова судьба не великих людей, не grand-homme, которых не признаёт русский ум, а судьба тех редких, всегда одиноких людей, которые, постигая волю провидения, подчиняют ей свою личную волю. Ненависть и презрение толпы наказывают этих людей за прозрение высших законов.

Для русских историков — странно и страшно сказать — Наполеон — это ничтожнейшее орудие истории — никогда и нигде, даже в изгнании, не выказавший человеческого достоинства, — Наполеон есть предмет восхищения и восторга; он grand. Кутузов же, тот человек, который от начала и до конца своей деятельности в 1812 году, от Бородина и до Вильны, ни разу ни одним действием, ни словом не изменяя себе, являет необычайный в  истории пример самоотвержения и сознания в настоящем будущего значения события, — Кутузов представляется им чем-то неопределённым и жалким, и, говоря о Ку-

# PART FOUR

## V

In 12th and 13th years, Kutuzov was directly accused of mistakes. The sovereign was not pleased with him. And in a story written recently by the highest command, it is said that Kutuzov was a cunning court liar, afraid of the name of Napoleon and by his mistakes under Krasnoye and under Berezina deprived Russian army of fame — full victory over the French. [The history of 1812 by Bogdanovich: characteristic of Kutuzov and reasoning about insufficiency of the results of Krasnenskiye battles. *(Note by L. N. Tolstoy.)*]

Such is the fate of not great people, not grand-homme, whom does not admit Russian mind, but the fate of those rare, always lonely people, who, perceiving the will of providence, subdue to it their personal will. Hatred and contempt of the crowd punish these people for the epiphany of highest laws.

For Russian historians — weird and scary to say — Napoleon — this most insignificant tool of history — never and nowhere, even in exile, showing human dignity, — Napoleon is an object of admiration and delight; he is grand. Kutuzov, that man who from the beginning to the end of his activity in 1812, from Borodino and to Vilna, not once, not by a single action betraying himself, presents an extraordinary in history example of self-rejection and awareness in present of the future meaning of the event, Kutuzov is imagined by them as something undefined and pathetic; and speaking about Kutuzov and 1812 year,

тузове и 12-м годе, им всегда как будто немножко стыдно.

А между тем трудно себе представить историческое лицо, деятельность которого так неизменно постоянно была бы направлена к одной и той же цели. Трудно вообразить себе цель, более достойную и более совпадающую с волею всего народа. Ещё труднее найти другой пример в истории, где бы цель, которую поставило себе историческое лицо, была бы так совершенно достигнута, как та цель, к достижению которой была направлена вся деятельность Кутузова в 1812 году.

Кутузов никогда не говорил о сорока веках, которые смотрят с пирамид, о жертвах, которые он приносит отечеству, о том, что он намерен совершить или совершил: он вообще ничего не говорил о себе, не играл никакой роли, казался всегда самым простым и обыкновенным человеком и говорил самые простые и обыкновенные вещи. Он писал письма своим дочерям и m-me Stal, читал романы, любил общество красивых женщин, шутил с генералами, офицерами и солдатами и никогда не противоречил тем людям, которые хотели ему что-нибудь доказывать. Когда граф Растопчин на Яузском мосту подскакал к Кутузову с личными упрёками о том, кто виноват в погибели Москвы, и сказал: "Как же вы обещали не оставлять Москвы, не дав сраженья?" — Кутузов отвечал: "Я и не оставлю Москвы без сражения", несмотря на то, что Москва была уже оставлена. Когда приехавший к нему от государя Аракчеев сказал, что надо бы Ермолова назначить начальником артиллерии, Кутузов отвечал: "Да, я и сам только что говорил это", — хотя он за минуту говорил совсем другое. Какое дело было ему, одному понимавшему тогда весь громадный смысл события, среди бестолковой толпы, окружавшей его, какое ему дело было до того, к себе или к нему отнесёт граф Растопчин бедствие столицы? Ещё менее могло занимать его то, кого назначат начальником артиллерии.

they are always as if a little ashamed.

And meanwhile it is hard for yourself to envision a historical face, the activity of whom so invariably constantly would be directed to one and the same goal. It is difficult to imagine to yourself a goal more worthy and more coinciding with the will of the whole nation. It is even harder to find another example in history, where the goal, which had set to himself the historical figure, would have been so completely achieved, as that goal, to the achievement of which was directed the whole activity of Kutuzov in 1812 year.

Kutuzov never said about forty centuries that are looking from the Pyramids, about the sacrifices he is bringing to the motherland, about what he is going to do or has done: he absolutely nothing said about himself, did not play any role, seemed always the most simple and ordinary person and said the most simple and ordinary things. He wrote letters to his daughters and m-me Staël, read romance, loved the company of beautiful women, joked with generals, officers and soldiers, and never contradicted those people who wanted to him something to prove. When Count Rostopchin on Yauzskiy Bridge galloped to Kutuzov with personal reproaches of who was guilty of the perdition of Moscow and said, "How did you promise not to leave Moscow not giving a battle?" — Kutuzov replied, "And I will not leave Moscow without a battle", despite that Moscow had already been left. When arriving at him from the sovereign Arakcheev said that he would need to appoint Yermolov the commander of artillery, Kutuzov answered, "Yes, I myself have just been saying this," — although he a minute ago was saying completely different. What business was to him, the one understanding then the overall huge meaning of the event, among the stupid crowd surrounding him, what business was to him to himself or to him will refer Count Rastopchin the disaster of the capital? Even less could occupy him who will be appointed the chief of the artillery.

Не только в этих случаях, но беспрестанно этот старый человек дошедший опытом жизни до убеждения в том, что мысли и слова, служащие им выражением, не суть двигатели людей, говорил слова совершенно бессмысленные — первые, которые ему приходили в голову.

Но этот самый человек, так пренебрегавший своими словами, ни разу во всю свою деятельность не сказал ни одного слова, которое было бы не согласно с той единственной целью, к достижению которой он шел во время всей войны. Очевидно, невольно, с тяжёлой уверенностью, что не поймут его, он неоднократно в самых разнообразных обстоятельствах высказывал свою мысль. Начиная от Бородинского сражения, с которого начался его разлад с окружающими, он один говорил, что *Бородинское сражение есть победа,* и повторял это и изустно, и в рапортах, и донесениях до самой своей смерти. Он один сказал, *что потеря Москвы не есть потеря России.* Он в ответ Лористону на предложение о мире отвечал, что *мира не может быть, потому что такова воля народа;* он один во время отступления французов говорил, что все наши манёвры не нужны, что все сделается само собой лучше, чем мы того желаем, что неприятелю надо дать золотой мост, что ни Тарутинское, ни Вяземское, ни Красненское сражения не нужны, что с чем-нибудь надо прийти на границу, что за десять французов он не отдаст одного русского.

И он один, этот придворный человек, как нам изображают его, человек, который лжет Аракчееву с целью угодить государю, — он один, этот придворный человек, в Вильне, тем заслуживая немилость государя, говорит, что дальнейшая война за границей вредна и бесполезна.

Но одни слова не доказали бы, что он тогда понимал значение события. Действия его — все без малейшего отступления, все были направлены к одной и той же цели, выражающейся в трех действиях: 1) напрячь все свои силы для столкновения с францу-

Not only in these cases but incessantly, this old person coming with experience of life to a conviction that thoughts and words, serving them as expression, are not driving force of people, was saying words completely senseless — the first that to him came into the head.

But this very person, so neglecting his words, not once in all his activity said one word, which would be discordant to that single goal, to the achievement of which he was going during the whole war. Obviously, involuntarily, with heavy certainty that will not understand him, he repeatedly in most various circumstances was stating his thought. Beginning from Borodinskoye battle, since which started his discord with those around him, he alone said that *Borodinskoye battle is a victory*, and repeated it verbally and in reports, and dispatches until his very death. He alone said that *the loss of Moscow is not the loss of Russia*. He, in reply to Loristone to the offer of peace, answered that *peace cannot be because such is the will of the people*; he alone during the retreat of the French was saying that all our maneuvers were not needed, that everything will occur by itself better, than we wish that, that the enemy needs to be given a gold bridge, that neither Tarutinskoye, nor Vyazemskoye, nor Krasnenskoye battles are necessary, that with something /we/ need to come to the border, that for ten Frenchmen he will not give one Russian.

And he alone, this court man, as to us they depict him, the man who lies to Arakcheev with the purpose of pleasing the sovereign, — he alone, this court man, in Vilna, by that earning the disfavor of the sovereign, says that further war abroad is harmful and useless.

But only words would not have proved that he then realized the meaning of the event. The actions of his — all without the slightest digression, all were directed to one and the same goal, expressed in three actions: 1) gather all your powers for clashing with the French,

зами, 2) победить их и 3) изгнать из России, облегчая, насколько возможно, бедствия народа и войска.

Он, тот медлитель Кутузов, которого девиз есть терпение и время, враг решительных действий, он даёт Бородинское сражение, облекая приготовления к нему в беспримерную торжественность. Он, тот Кутузов, который в Аустерлицком сражении, прежде начала его, говорит, что оно будет проиграно, в Бородине, несмотря на уверения генералов о том, что сражение проиграно, несмотря на неслыханный в истории пример того, что после выигранного сражения войско должно отступать, он один, в противность всем, до самой смерти утверждает, что Бородинское сражение — победа. Он один во все время отступления настаивает на том, чтобы не давать сражений, которые теперь бесполезны, не начинать новой войны и не переходить границ России.

Теперь понять значение события, если только не прилагать к деятельности масс целей, которые были в голове десятка людей, легко, так как все событие с его последствиями лежит перед нами.

Но каким образом тогда этот старый человек, один, в противность мнения всех, мог угадать, так верно угадал тогда значение народного смысла события, что ни разу во всю свою деятельность не изменил ему?

Источник этой необычайной силы прозрения в смысл совершающихся явлений лежал в том народном чувстве, которое он носил в себе во всей чистоте и силе его.

Только признание в нем этого чувства заставило народ такими странными путями из в немилости находящегося старика выбрать его против воли царя в представители народной войны. И только это чувство поставило его на ту высшую человеческую высоту, с которой он, главнокомандующий, направлял все свои силы не на то, чтоб убивать и истреблять людей, а на то, чтобы спасать и жалеть их.

Простая, скромная и потому истинно величественная фигура

2) defeat them, 3) exile them from Russia, alleviating as possible adversities of people and the army.

He, that procrastinator Kutuzov, whose motto is patience and time, the enemy of decisive acting, he gives Borodinskoye battle, investing preparations for it with unprecedented solemnity. He, that Kutuzov, who at Austerlitz battle, before the beginning of it, says that it will be lost, at Borodino, despite the assertions of generals that the battle is lost, despite the unheard of in history example of this, that after a won battle the army has to retreat, he alone, in opposition to everyone, until the very death states that Borodinskoye battle is a victory. He alone during the whole time of retreat insists on that so not to give battles, which are now useless, not to start a new war and not to cross the borders of Russia.

Now to comprehend the meaning of the event, if only not to apply to the activity of the masses the goals, which were in the head of tens of people, is easy, because the whole event with its consequences is lying before us.

But in which way then this old man, alone, in contrast with the opinion of everybody, could guess, so correctly guessed then the significance of the people's meaning of the event that not once in all his activity betrayed it?

The source of this unprecedented power of insight into the meaning of happening phenomena lay in that people's feeling, which he carried in himself in all the purity and strength of it.

Only admittance in him of this feeling made the people in such weird ways from the in disfavor situated old man to choose him against the will of the tsar into the representatives of people's war. And only this feeling put him on that upmost human height, from which he, Commander-in-Chief, directed all his powers not to kill and annihilate people, but to save and pity them.

A simple, modest, and therefore truly great, this figure could not

эта не могла улечься в ту лживую форму европейского героя, мнимо управляющего людьми, которую придумала история.

Для лакея не может быть великого человека, потому что у лакея своё понятие о величии.

lie into that deceitful form of a European hero, allegedly commanding people, which made up history.

For a manservant there cannot be a great man, because the manservant has his own concept of greatness.

# ЧАСТЬ ПЕРВАЯ

## III

Основной, существенный смысл европейских событий начала нынешнего столетия есть воинственное движение масс европейских народов с запада на восток и потом с востока на запад. Первым зачинщиком этого движения было движение с запада на восток. Для того чтобы народы запада могли совершить то воинственное движение до Москвы, которое они совершили, необходимо было: 1) чтобы они сложились в воинственную группу такой величины, которая была бы в состоянии вынести столкновение с воинственной группой востока; 2) чтобы они отрешились от всех установившихся преданий и привычек и 3) чтобы, совершая своё воинственное движение, они имели во главе своей человека, который, и для себя и для них, мог бы оправдывать имеющие совершиться обманы, грабежи и убийства, которые сопутствовали этому движению.

И начиная с французской революции разрушается старая, недостаточно великая группа; уничтожаются старые привычки и предания; вырабатываются, шаг за шагом, группа новых размеров, новые привычки и предания, и приготовляется тот человек, который должен стоять во главе будущего движения и нести на

# PART ONE

## III

The main essential meaning of European events of the beginning of this century is the warlike movement of masses of European nations from west to east, and then from east to west. The first instigator of this movement was the movement from west to east. In order for the people of the west to be able to accomplish that warlike movement to Moscow, which they have committed, it was necessary: 1) so that they form into a warlike group of such size, which would be within capacity to bear the clash with the warlike group of the east; 2) for them to renounce all the established traditions and habits and 3) so that, accomplishing their warlike movement, they had at the head of them a person who, and for them and for himself, would be able to justify deceptions, robberies and murders, that are to happen, which accompanied this movement.

And, starting with the French revolution is destroyed the old, not large enough group, are destroyed old habits and traditions; is worked out, step by step, a group of new sizes, new habits and traditions, and is prepared that person who must stand at the head of the future movement and carry himself all the responsibility of

себе всю ответственность имеющего совершиться.

Человек без убеждений, без привычек, без преданий, без имени, даже не француз, самыми, кажется, странными случайностями продвигается между всеми волнующими Францию партиями и, не приставая ни к одной из них, выносится на заметное место.

Невежество сотоварищей, слабость и ничтожество противников, искренность лжи и блестящая и самоуверенная ограниченность этого человека выдвигают его во главу армии. Блестящий состав солдат итальянской армии, нежелание драться противников, ребяческая дерзость и самоуверенность приобретают ему военную славу. Бесчисленное количество так называемых случайностей сопутствует ему везде.

Немилость, в которую он впадает у правителей Франции, служит ему в пользу. Попытки его изменить предназначенный ему путь не удаются: его не принимают на службу в Россию, и не удаётся ему определение в Турцию. Во время войн в Италии он несколько раз находится на краю гибели и всякий раз спасается неожиданным образом. Русские войска, те самые, которые могут разрушить его славу, по разным дипломатическим соображениям, не вступают в Европу до тех пор, пока он там.

По возвращении из Италии он находит правительство в Париже в том процессе разложения, в котором люди, попадающие в это правительство, неизбежно стираются и уничтожаются. И сам собой для него является выход из этого опасного положения, состоящий в бессмысленной, беспричинной экспедиции в Африку. Опять те же так называемые случайности сопутствуют ему. Неприступная Мальта сдаётся без выстрела; самые неосторожные распоряжения увенчиваются успехом. Неприятельский флот, который не пропустит после ни одной лодки, пропускает целую армию. В Африке над безоружными почти жителями совершается целый ряд злодеяний. И люди, совершающие злодеяния эти, и в особенности их ру-

what is to happen.

A person without beliefs, without habits, without traditions, without a name, even not a Frenchman, by most, it seems, strange fortuities is moving ahead between all the disturbing France parties, and not adhering to one of them, is carried out to a distinguished position.

The ignorance of comrades, the weakness and pettiness of enemies, the sincerity of a lie and brilliant and self-assured narrowness of this person promote him to the head of the army. A brilliant cast of soldiers of the Italian army, unwillingness to fight of his enemies, childish impudence and self-confidence acquire for him military fame. Countless amount of the so-called contingencies accompanies him everywhere.

The disfavour into which he falls with the rulers of France, serves to his use. The attempts of his to change the destined for him way do not succeed: he is not accepted for service in Russia, and does not succeed his assignment to Turkey. During the time of wars in Italy he several times is at the edge of perdition and each time escapes in an unexpected way. Russian troops, those very, which can destroy his fame, according to various diplomatic considerations, do not march into Europe while he is there.

Upon return from Italy he finds the government in Paris in that process of decay, in which people getting into this government inevitable wiped out and destroyed. And itself for him presents a way out of this dangerous state, consisting in a meaningless causeless expedition to Africa. Again, the so-called contingencies accompany him. Impregnable Malta surrenders without a shot; the most careless commands are crowned with success. The enemy fleet, which will not overlook after this a single boat, overlooks the whole army. In Africa over the almost unarmed residents is committed the whole line of atrocities. And the people committing these atrocities, and in particular, their leader, assure themselves that this is wonderful, that

ководитель, уверяют себя, что это прекрасно, что это слава, что это похоже на Кесаря и Александра Македонского и что это хорошо.

Тот идеал *славы* и *величия,* состоящий в том, чтобы не только ничего не считать для себя дурным, но гордиться всяким своим преступлением, приписывая ему непонятное сверхъестественное значение, — этот идеал, долженствующий руководить этим человеком и связанными с ним людьми, на просторе вырабатывается в Африке. Все, что он ни делает, удаётся ему. Чума не пристает к нему. Жестокость убийства пленных не ставится ему в вину. Ребячески неосторожный, беспричинный и неблагородный отъезд его из Африки, от товарищей в беде, ставится ему в заслугу, и опять неприятельский флот два раза упускает его. В то время как он, уже совершенно одурманенный совершёнными им счастливыми преступлениями, готовый для своей роли, без всякой цели приезжает в Париж, то разложение республиканского правительства, которое могло погубить его год тому назад, теперь дошло до крайней степени, и присутствие его, свежего от партий человека, теперь только может возвысить его.

Он не имеет никакого плана; он всего боится; но партии ухватываются за него и требуют его участия.

Он один, с своим выработанным в Италии и Египте идеалом славы и величия, с своим безумием самообожания, с своею дерзостью преступлений, с своею искренностью лжи, — он один может оправдать то, что имеет совершиться.

Он нужен для того места, которое ожидает его, и потому, почти независимо от его воли и несмотря на его нерешительность, на отсутствие плана, на все ошибки, которые он делает, он втягивается в заговор, имеющий целью овладение властью, и заговор увенчивается успехом.

Его вталкивают в заседание правителей. Испуганный, он хочет бежать, считая себя погибшим; притворяется, что падает в обморок; говорит бессмысленные вещи, которые должны бы по-

this is fame, that this resembles Caesar and Alexander the Great and that this is good.

That ideal of *glory* and *greatness,* consisting in that, so as not only nothing to consider for yourself bad, but to be proud of each of your crime, attributing to it incomprehensible supernatural meaning, – this ideal, that should lead this person and connected with him people, is at large produced in Africa. Whatever that he does, is a success for him. Plague does not stick to him. The cruelty of killing the captives is not regarded his fault. Childishly careless, causeless and ignoble departure of his from Africa, from the comrades in trouble, is regarded as his merit, and again the enemy's fleet two times overlooks him. At that time when he, already completely befuddles by committed by him happy crimes, ready for his role, without any purpose arrives in Paris, that decay of the Republican government, which could destroy him a year ago, has now reached the extreme degree, and the presence of his, fresh from the parties a person, now only can raise him.

He does not have any plan; he fears everything; but the parties grasp at him and demand his participation.

He alone, with his worked out in Italy and in Egypt ideal of glory and greatness, with his madness of self-adoration, with his impudence of the crimes, with his sincerity of the lie – he alone can justify what has to happen.

He is needed for the place, which is awaiting him, and therefore, almost independent of his will and in spite of his indecision, of the absence of a plan, of all mistakes, which he makes, he is involved into a conspiracy, having a goal of capture the authority, and the conspiracy is crowned with success.

He is pushed into the meeting of the rulers. Frightened, he wants to flee, considering himself lost; he falls into a faint; says senseless things, which must destroy him. But the rulers of France, earlier

губить его. Но правители Франции, прежде сметливые и гордые, теперь, чувствуя, что роль их сыграна, смущены ещё более, чем он, говорят не те слова, которые им нужно бы было говорить, для того чтоб удержать власть и погубить его.

*Случайность,* миллионы *случайностей* дают ему власть, и все люди, как бы сговорившись, содействуют утверждению этой власти. *Случайности* делают характеры тогдашних правителей Франции, подчиняющимися ему; *случайности* делают характер Павла I, признающего его власть; *случайность* делает против него заговор, не только не вредящий ему, но утверждающий его власть. *Случайность* посылает ему в руки Энгиенского и нечаянно заставляет его убить, тем самым, сильнее всех других средств, убеждая толпу, что он имеет право, так как он имеет силу. *Случайность* делает то, что он напрягает все силы на экспедицию в Англию, которая, очевидно, погубила бы его, и никогда не исполняет этого намерения, а нечаянно нападает на Мака с австрийцами, которые сдаются без сражения. *Случайность* и *гениальность* дают ему победу под Аустерлицем, и *случайно* все люди, не только французы, но и вся Европа, за исключением Англии, которая и не примет участия в имеющих совершиться событиях, все люди, несмотря на прежний ужас и отвращение к его преступлениям, теперь признают за ним его власть, название, которое он себе дал, и его идеал величия и славы, который кажется всем чем-то прекрасным и разумным.

Как бы примериваясь и приготовляясь к предстоящему движению, силы запада несколько раз в 1805-м, 6-м, 7-м, 9-м году стремятся на восток, крепчая и нарастая. В 1811-м году группа людей, сложившаяся во Франции, сливается в одну огромную группу с серединными народами. Вместе с увеличивающейся группой людей дальше развивается сила оправдания человека, стоящего во главе движения. В десятилетний приготовительный период времени, предшествующий большому движению, человек этот сводится со всеми

sharp and proud, now, feeling that their role has been played, are confused still more than him, say not those words, which for them would have been necessary to say in order to hold the power and destroy him.

*A contingency*, a million of *contingencies* give him the power, and all people, as if conspiring, facilitate the establishment of this power. *Contingencies* make the characters of the then rulers of France subordinating to him; *contingencies* make the character of Paul I, admitting his authority; *contingency* makes against him a conspiracy, not only harmless to him, but establishing his authority. *Contingency* sends to his hands d'Enghien and unintentionally forces to kill him, by that very /act/ stronger than any other means, convincing the crowd that he has the right, because he has the power. *Contingency* makes so, that he strains all powers for an expedition to England, which, obviously, would have destroyed him, and never fulfils this intention, but accidentally attacks Mack with the Austrians, who surrender without a battle. *Contingency* and *genius* give him a victory under Austerlitz, and *accidentally* all people, not only the Frenchmen, but the whole Europe, excluding England, which will not take part in having to happen events, all people, despite the former horror and disgust to his crimes, now admit after him his power, the name, which he to himself gave, and his ideal of greatness and glory, which seems to everyone something beautiful and sensible.

As if aiming and preparing for the forthcoming movement, the forces of the west several times in 1805th, 6th, 7th, 9th year rush to the east, strengthening and growing. In 1811th year, a group of people, formed in France, merges into one huge group with the medial peoples. Together with increasing group of people further develops the force of justifying the person standing at the head of the movement. In ten-year preparatory period of time, preceding the big movement, this person is brought together with all the crowned faces of Europe.

коронованными лицами Европы. Разоблачённые владыки мира не могут противопоставить наполеоновскому идеалу *славы* и *величия*, не имеющего смысла, никакого разумного идеала. Один перед другим, они стремятся показать ему своё ничтожество. Король прусский посылает свою жену заискивать милости великого человека; император Австрии считает за милость то, что человек этот принимает в свое ложе дочь кесарей; папа, блюститель святыни народов, служит своей религией возвышению великого человека. Не столько сам Наполеон приготовляет себя для исполнения своей роли, сколько все окружающее готовит его к принятию на себя всей ответственности того, что совершается и имеет совершиться. Нет поступка, нет злодеяния или мелочного обмана, который бы он совершил и который тотчас же в устах его окружающих не отразился бы в форме великого деяния. Лучший праздник, который могут придумать для него германцы, — это празднование Иены и Ауерштета. Не только он велик, но велики его предки, его братья, его пасынки, зятья. Все совершается для того, чтобы лишить его последней силы разума и приготовить к его страшной роли. И когда он готов, готовы и силы.

Нашествие стремится на восток, достигает конечной цели — Москвы. Столица взята; русское войско более уничтожено, чем когда-нибудь были уничтожены неприятельские войска в прежних войнах от Аустерлица до Ваграма. Но вдруг вместо тех *случайностей* и *гениальности,* которые так последовательно вели его до сих пор непрерывным рядом успехов к предназначенной цели, является бесчисленное количество обратных *случайностей,* от насморка в Бородине до морозов и искры, зажегшей Москву; и вместо *гениальности* являются глупость и подлость, не имеющие примеров.

Нашествие бежит, возвращается назад, опять бежит, и все случайности постоянно теперь уже не за, а против него.

Совершается противодвижение с востока на запад с замечательным сходством с предшествовавшим движением с запада на

Exposed lords of the world cannot oppose to Napoleon's ideal of *glory* and *greatness*, /that is/ not having sense, any sensible ideal. One in front of the other they seek to show him their insignificance. King Prussian sends his wife to curry favour of the great person; the Emperor of Austria considers a favour that, that this man hosts to his bed the daughter of Caesars; the Pope, the guardian of the sanctuary of the peoples, serves with his religion to the rise of the great person. Not so much himself Napoleon prepares himself for performing his role, as all that around him prepares him for accepting to himself all responsibility of what is done and has to be done. No act, no atrocity or petty deception, which he would perform and which immediately in the lips of the surrounding him would not reflect in the form of a great deed. The best holiday, which can think for him the Germans – it is celebrating Jena and Auerstedt. Not only he is great, but great are his ancestors, his brothers, his stepsons, his brothers-in-law. Everything happens for that as to deprive him of the last power of reason and prepare for his terrible role. And when he is ready, ready are the forces.

Invasion heads to the east, reaches the final goal – Moscow. The capital is taken; the Russian army is more destroyed than ever were destroyed enemy's troops in previous wars from Austerlitz to Wagram. But suddenly instead of those *contingencies* and *genius,* which so consecutively have lead him by this time with an uninterrupted line of success to the destined goal, appear countless amount of inverse *contingencies*, from runny nose in Borodino to frosts and the spark, igniting Moscow; and instead of *genius* appears stupidity and meanness, not having examples.

The invasion flees, comes back, again flees, and all contingencies constantly now are already not in favour but against it.

Happens counter-movement from east to west with a remarkable similarity to the preceding movement from west to east. The same

восток. Те же попытки движения с востока на запад в 1805 — 1807 — 1809 годах предшествуют большому движению; то же сцепление и группу огромных размеров; то же приставание серединных народов к движению; то же колебание в середине пути и та же быстрота по мере приближения к цели.

Париж — крайняя цель достигнута. Наполеоновское правительство и войска разрушены. Сам Наполеон не имеет больше смысла; все действия его очевидно жалки и гадки; но опять совершается необъяснимая случайность: союзники ненавидят Наполеона, в котором они видят причину своих бедствий; лишённый силы и власти, изобличённый в злодействах и коварствах, он бы должен был представляться им таким, каким он представлялся им десять лет тому назад и год после, — разбойником вне закона. Но по какой-то странной случайности никто не видит этого. Роль его ещё не кончена. Человека, которого десять лет тому назад и год после считали разбойником вне закона, посылают в два дня переезда от Франции на остров, отдаваемый ему во владение с гвардией и миллионами, которые платят ему за что-то.

efforts of moving from east to west in 1805 – 1807 – 1809 years precede the big movement; the same clutch and a group of huge size; the same adherence of the medial peoples to the movement; the same hesitation in the middle of the way and the same quickness in measure with approaching the goal.

Paris – the final goal is reached. Napoleon government and troops are destroyed. Himself Napoleon doesn't have any more sense; all actions of his are obviously pathetic and loathsome; but again happens an inexplicable contingency: the allies hate Napoleon, in whom they see the cause of their troubles; deprived of power and authority, exposed in villainy and cunning, he would have had to seem to them such as he seemed to them ten years ago and a year after – a bandit outlaw. But by some weird contingency, nobody sees this. The role of his is not finished yet. The person who ten years ago and a year after was considered a bandit outlaw is sent within two days' ride from France to the island, given to him in possession with the guard and millions, which are paid to him for something.

www.ingramcontent.com/pod-product-compliance
Lightning Source LLC
Chambersburg PA
CBHW020619130626
46552CB00003B/1047